中华先锋人物
故事汇

施光南

"种豆芽"的作曲家

SHI GUANGNAN
ZHONG DOUYA DE ZUOQUJIA

张吉宙 著

图书在版编目（CIP）数据

施光南："种豆芽"的作曲家/张吉宙著．—南宁：接力出版社；北京：党建读物出版社，2021.8（2023.10重印）
（中华人物故事汇．中华先锋人物故事汇）
ISBN 978-7-5448-7226-3

Ⅰ.①施… Ⅱ.①张… Ⅲ.①传记小说－中国－当代 Ⅳ.①I247.5

中国版本图书馆CIP数据核字(2021)第099242号

施光南——"种豆芽"的作曲家
张吉宙 著

责任编辑：	王琪瑽　高　楠
责任校对：	杨　艳　阮　萍
装帧设计：	严　冬　许继云　　美术编辑：高春雷
出版发行：	党建读物出版社　接力出版社
地　　址：	北京市西城区西长安街80号东楼（邮编：100815）
	广西南宁市园湖南路9号（邮编：530022）
网　　址：	http://www.djcb71.com　　http://www.jielibj.com
电　　话：	010-65547970/7621
经　　销：	新华书店
印　　刷：	河北鹏润印刷有限公司

2021年8月第1版　　2023年10月第3次印刷
787毫米×1092毫米　32开本　　5.25印张　　70千字
印数：15 001—18 000册　　定价：25.00元

版权所有　侵权必究

质量服务承诺：如发现缺页、错页、倒装等印装质量问题，可直接联系本社调换。
服务电话：010-65545440

目录

写给小读者的话 ……………… 1

最小的学生 ………………… 1

春天到了 …………………… 7

割稻子 ……………………… 13

自导自演 …………………… 21

《劳动小唱》 ………………… 27

梦想 ………………………… 35

《懒惰的杜尼亚》 ……………… 41

音乐学院 …………………… 49

插班生	59
学校生活	67
毕业演出	73
《革命烈士诗抄》	79
捐赠	85
《打起手鼓唱起歌》	91
《在希望的田野上》	99
"种豆芽"的作曲家	111
《多情的土地》	117
入党申请书	125
《屈原》	131
请永远记住我的歌	141

写给小读者的话

亲爱的小读者：

你听，在祖国的大地上，在希望的田野上，响起动人的歌声。

有这样一位音乐家，他才华横溢，五岁时就能编歌，中学时代就创作了大量的歌曲，毕生心血都奉献给了祖国的音乐事业。

他叫施光南，出生于一九四〇年，从小随父母颠沛流离。但是，无论身在哪里，他的心中始终回荡着优美的旋律。

在追求音乐的道路上，他历尽坎坷，依然坚持不懈。没有名师指导，他靠自学，收集资料，勤奋钻研；家里买不起钢琴，他对空练习指法；因缺少系统训练，报考音乐学院受挫，但他心中的梦想永不放弃……

为了把最美的歌曲献给祖国和人民，他呕心沥血，创作出数以千计优秀的音乐作品：管弦乐合奏曲《打酥油茶的小姑娘》，小提琴独奏曲《瑞丽江边》，以及《打起手鼓唱起歌》《吐鲁番的葡萄熟了》《月光下的凤尾竹》《祝酒歌》《最美的赞歌献给党》《在希望的田野上》……

他有个座右铭：走自己的路，让作品说话。

他的心中还有一个宏伟的创作计划：写一部能够代表国家整体音乐水平和中华民族的经典歌剧。由于劳累过度，他最终倒在了钢琴上……

施光南曾任党的十三大代表、中华全国青年联合会副主席、中国音乐家协会副主席、中央乐团一级作曲。党中央、国务院授予他"改革先锋"称号，并颁授改革先锋奖章，称其为"谱写改革开放赞歌的音乐家"。

他的故事很多，他的歌声很美，他的舞台很大。打开这本书，走进他的音乐世界吧！你会听到，他在深情地歌唱……

最小的学生

巴渝山城，雾都重庆，地处中国内陆西南部，历史悠久，人文荟萃，风景秀丽。八十年前，这里曾经战火不断，硝烟弥漫……

一九四〇年八月二十二日，重庆南山脚下，用竹子临时搭建起来的"医院"里，传来一阵啼哭声，施光南出生了。但他的祖籍远在距此一千五百余公里的浙江省金华市的东叶村。由于种种原因，父亲施复亮携全家来到重庆。

由于施光南出生在南山脚下，父母就决定给他取名"光南"。"施"是父亲施复亮的姓氏，"光"取自母亲的名字钟复光，这个名字饱含父母对他的期望，也有光照南山的意思。

施光南出生在一个革命知识分子家庭里，排行老三，有一个姐姐和一个哥哥。父亲施复亮九岁入私塾读书，十七岁考入了浙江省立第一师范学校，是中国共产党最早期的党员之一。母亲钟复光曾就读于上海大学社会系，是施复亮的学生。姐姐出生于一九二六年，哥哥出生于一九二七年，都比施光南大十几岁。

小儿子的出生，在让父母欣喜的同时，又不免让他们感到一丝忧愁。当时中国正处于抗战时期，生存环境很差，食物紧缺，要抚养三个孩子，谈何容易？施光南的母亲填不饱肚子，奶水就不够，只能用米糊糊喂他。因缺乏营养，施光南又瘦又小。

一九四一年六月的一个傍晚，防空警报又一次响起，母亲抱起施光南，全家人赶紧跑进防空洞，外面响起爆炸声，不到一岁的施光南吓得哇哇大哭。父亲靠过来，把母子俩搂在怀里，一双大手捂住了施光南的耳朵，直到他在母亲怀里睡去。这一夜，他们是在闷热与不安中度过的。

施光南不满一岁，话都说不利索，但他对声

音很敏感，展现出很强的音乐天赋。他学小鸟的叫声、夏天的蝉鸣，甚至连刮风下雨的声音都学得惟妙惟肖。

屋外种着许多竹子，一片青绿。施光南常跑过去玩，听风儿拂过竹叶，唱起了歌："哗啦啦……沙沙沙……沙沙沙……"小光南也跟着唱："沙沙沙……沙沙沙……"家人经常被他稚嫩的声音逗笑。这是防空洞外难得的快乐时光，一家人无比珍惜。

一九四四年，施光南四岁了，长得聪明伶俐，越来越讨人喜欢。那时候，母亲在重庆中兴信托公司子弟学校任教，为了方便照顾他，便把他带到学校。就这样，施光南早早上了一年级。

施光南坐在一年级的教室里，跟周围的同学比起来，显得那么幼稚，坐直后，脚尖勉强能点到地面。也许是因为年龄太小，施光南的注意力很难集中，班里调皮的孩子他算一个。

在一节音乐课上，音乐老师讲完乐理知识后，教同学们唱一首新儿歌——《两只老虎》。

"两只老虎，两只老虎，跑得快，跑得快……

预备,唱!"

"两只老虎,两只老虎……"同学们都在认真地跟唱。

"肚子饿了,肚子饿了,要吃饭,要吃饭……"施光南却这样唱,逗得大家哈哈大笑,连老师也被逗笑了,班里顿时乱成一锅粥。老师板起脸,拍着讲桌:"安静!安静!"

完全沉浸在自己世界里的施光南,还在摇头晃脑地唱:"吃饭没有小菜,吃饭没有小菜……"

音乐老师假装很生气,走到施光南身边,轻轻揪起他的耳朵问:"你为什么又捣乱?"

"哎哟,哎哟!疼,疼……"施光南龇牙咧嘴地咋呼着,自编的儿歌也不唱了。

老师这才松开手:"为什么不好好学唱歌?"

"因为……您教的歌曲,我早就会唱了呀。"施光南委屈得两眼泪汪汪,但他知道自己闯了祸,蜷坐在那里,低下头,摆弄一双小手。

"胡说,我今天第一次教大家唱这首歌,你什么时候会唱了?"

"我听一遍就会了……"

音乐老师看着施光南，微笑着点了点头。

这位从著名教育家陶行知先生创办的育才学校毕业的女老师，特别热爱音乐，对学生的音乐天赋也有着敏锐的嗅觉。她开始重新审视施光南，觉得这个孩子不简单，有着异于常人的音乐天赋，只要做好音乐启蒙，立好规矩，将来会是一个可造之才。

慢慢地，施光南适应了学校里的生活，教室里齐声唱响的儿歌，变成了他童年的养分，一颗音乐种子在他的心里生根、发芽……

春天到了

一九四五年，施光南才五岁，已经会唱很多歌曲了。

他认识的字还不多，读起书来磕磕绊绊，但是一首歌只听一次就能过耳不忘，马上哼唱出来。

有一天，音乐老师听到施光南嘴里哼着歌曲，心里很纳闷，问他："小光南，这是三年级学生才学的歌，你怎么会唱？"

施光南说："放学的时候，我听他们唱过，就记住啦。"

春天来了，万物复苏。树枝上长出了嫩芽，蝴蝶在校园里飞舞，小鸟欢叫，阳光暖暖的，洒在校园里。

施光南背着小书包，嘴里哼着歌，准时走进教室。他听同学们说，重庆市要举办中小学生音乐比赛。这个消息让他很振奋，一心想要去参赛。

音乐课上，施光南仔仔细细地听，认认真真地唱。下课铃一响，老师前脚刚踏出教室，他就跟着跑了出来。

"老师，我想去参加唱歌比赛……"年幼的施光南还不懂得音乐和唱歌的关系，他觉得，小孩子唱的歌是音乐，大人唱的歌也是音乐，音乐比赛就是唱歌比赛。

老师笑了："光南，你说的是中小学生音乐比赛吧？"她蹲下来摸了摸施光南的头，"老师已经选了许多同学了，你上学早，年龄也小，参加比赛的都是比你大的哥哥、姐姐，要不等你长大一点儿，老师再给你报名，好不好？"

"我会唱很多歌……我不比他们差。"施光南不放弃。

"好……好，你还挺执着。"老师笑了，心想：让他早点参加比赛也好，能得到更好的锻炼，成长得更快一些。不过她也有些担心，虽然施光南与众不同，对音乐天生敏感，记忆力也特别强，但赛场上的参赛选手，大多是高年级的学生，音乐底子都不错，万一施光南没有取得好成绩，会不会因此挫伤他对音乐的兴趣和信心呢？

最终，老师还是决定让他参赛。为了促使施光南取得好成绩，老师按照比赛的要求，一遍又一遍地对他进行训练，有时也会把高年级的学生叫来，跟他比试一下。施光南抓住机会，认真学习，进步很快。

星期天，天气很好，暖阳当空，和风徐徐，小草绿了，桃花开了。窗外，小鸟叽叽喳喳地叫，小蜜蜂嗡嗡地飞，树叶沙沙地响。施光南站在家里的窗台前，被窗外的景象吸引住了，对母亲说："妈妈，春天的声音真多呀。"

母亲抬头看了眼窗外："天气暖和了，小动物都出来活动了，所以声音才多呀。"接着，母亲又说："马上要进行中小学生音乐比赛了，听老师说你进步很快，值得表扬！但是不能骄傲，还要多加练习啊。"

施光南点了点头,依然看着窗外。这时,母亲听到施光南小声唱着:"花儿小,花儿好,花儿很美丽,春天到了,桃花开了……"

母亲一听,感觉很有趣,这首歌旋律轻快,歌词质朴。但她仔细一想,似乎从未听过这首儿歌,难道自己当老师这么多年,还没有儿子听过的儿歌多吗?正在纳闷,施光南停顿了一下,皱着眉头说:"不好,不好……有太多个'了'字了。"

母亲这才反应过来,这首歌曲是儿子自己编的,激动之余,急忙鼓励他:"儿子,仔细想一想,再改一改。"

施光南点点头,想了一会儿又唱道:"春天到了,桃花开开,小鸟飞飞,黄莺在树上叫……"

"唱得真好!歌词我记下了,再多练练。"母亲一边认真听着,一边拿笔迅速记在纸上。这是施光南的处女作。

第二天下课后,音乐老师像平时一样指导施光南,告诉他比赛时需要注意的事情。休息时,她听到施光南哼着歌曲。

老师很惊讶:"这歌是你自己编的?"

"嗯,妈妈帮我记下来了。"

"你很了不起。"老师把施光南拉到身边,很快记下谱子,"这首歌叫什么名字?"

"不知道……我还没想好。"

"这首歌听起来很有春天的味道,就叫《春天到了》吧?"

"好,谢谢老师。"

音乐比赛如期而至,在老师的推荐下,施光南在舞台上演唱了这首自己编的歌。

"春天到了,桃花开开,小鸟飞飞,黄莺在树上叫。它们快活,我也快活,我们大家都快活。"

台下响起了热烈的掌声,评委得知这首歌是这个五岁儿童自己编的,都冲他竖起大拇指,赞不绝口。

这次比赛,施光南获得了小学乙组第二名的好成绩!奖品是一只木马,施光南骑在木马上高兴地笑了。

从此,音乐老师越发重视对施光南的培养,推荐他加入学校的童声合唱团。他在学校里也逐渐有了名气,成了文艺活动的骨干。

割稻子

这一年夏天,蝉鸣阵阵。施复亮回到故乡金华疗养,施光南跟随父亲,在东叶村小学就读。

这是个美丽的地方,青山环绕,绿水流淌,成片的稻田像一块块棋盘。施光南注意到,这里的风景跟他在重庆时不一样,有种说不出的美,新鲜而独特。这里的学习和生活,也跟他在重庆时不一样。在重庆时,每天放学,同学们都各自回家,很少到外面玩耍。但在东叶村,班里的大部分同学一到放学,有的牵着牛去北面的山头,有的赶着鹅去村头的小河……牧笛声、鹅叫声、流水声,声声美妙。

有一天,施光南和同学在外面玩,直到太阳

落向西山,他才回家。父亲见他一身泥,便问他:"去哪儿玩了?怎么这么晚才回来?"

施光南说:"我们去稻田里了,做游戏……"

父亲脸色一变:"去稻田里做游戏?亏你们想得出来。"

施光南以为是自己没有按时回家,惹父亲生气了。

父亲没再说话,皱着眉头,挥了挥手,让施光南进屋。施光南连大气也不敢出,铺开本子写起了作业。

第二天一大早,父亲就喊施光南起床。

"今天是周六,学校不上课,爸爸是不是搞错了?"施光南心存疑惑,但还是麻利地爬起来,叠好被子。

吃过早饭,父亲去院子里找来两把镰刀,刀柄已经发黑,刀口却闪着寒光,看起来很锋利。

"今天带你去田里劳动。"父亲说。

"好啊,好啊!"施光南拍起手。长这么大,他还没有收割过庄稼呢,这对他来说可是一件新鲜事。

薄薄的雾气笼罩着寂静的小路，时不时传来一两声狗吠，杂草堆里，胆大的蛐蛐吱吱地叫着。蛐蛐不知道，这要在平时，施光南听到蛐蛐叫，一定会扑上前去，不捉到一两只决不罢休。但是今天他没时间，他要跟随父亲下地干活儿。

他跟在父亲后头走了一会儿，裤腿就被露水打湿了。又走了一会儿，太阳出来了，父亲才停下脚步。

眼前是大片的稻田，黄灿灿的，闪着耀眼的光。施光南急匆匆地冲进稻田，却听父亲说："你会割稻子吗？"

施光南说："用镰刀割不就行了？"

"割稻子是有技巧的。来，我教你。"

父亲俯下身子，左手抓住一把稻秆，右手镰刀一挥，稻秆就齐刷刷断开了。

父亲说："看着，抓稻秆的手不要太高，也不要太低，从根部往上，大概十厘米的样子，左手抓紧稻秆，镰刀斜着向上，一用力，就割断了。"

"我会了。"施光南左手抓住一把稻秆，右手一挥镰刀，稻秆没割断，锋利的镰刀一打滑，向左手划去，险些伤到手，吓得他一松手，"怎么割不断？"

"你要握住镰刀，斜着向上割，才能割断稻秆，并且不会伤到手。你看……"父亲说着，又轻松地割下一把稻子。

"哦……我懂了。"施光南按照父亲说的方法一试，果然成功了。

施光南兴奋地弯下腰，左手抓住稻秆，右手挥舞镰刀。不一会儿，太阳挂得老高，汗水顺着他的脸颊滑落下来。

"好累啊，好热……"施光南小声嘟囔着，胳膊开始发酸，腰也有些酸痛了。他看见父亲一直弯腰收割，自己已经落下好长的距离了。

父亲回头问他："累不累？"

施光南抹一把汗："累……"

"累就对了，你才干了这么一会儿就觉得累，你想想农民伯伯一年四季都在田里劳作，该有多辛苦啊！我们吃的粮食都是农民伯伯辛辛苦苦种出来的，是不是不应该糟蹋粮食？你们倒好，在田里跑来跑去地做游戏，这得踩倒多少稻子啊！"

施光南恍然大悟，这才是父亲带他来的目的。他连忙点头："我知道了，以后一定爱惜庄稼，节约粮食，再也不在田里乱跑了。"

"知道了就好。不管什么时候，我们都要尊重农民伯伯的劳动成果，永远不要忘记。"

"嗯！我记住了！"

"休息一会儿。"父子俩坐在田埂上，施光南听父亲唱起京剧。他望着金黄的稻田，听得很入迷。

平时，父亲总爱唱几段京剧或越剧。每次，施光南听完后，就缠着父亲，非要学上一段不可。"生旦净末丑"唱腔各异，他听过几遍就能抓住其中的要领，小小年纪，已经学会了不少种唱腔。

在学校，课间休息时，施光南总会给同学们唱一段，或高昂明快，或低沉婉转，将各种情感表达得淋漓尽致。有几个同学很崇拜他，还要向他"拜师学艺"呢！

在东叶村度过了不到一年的时间后，父亲疗

养结束，去了上海。施光南继续留在金华读书，就读的学校是金华县的府城隍小学。

施光南的堂哥施敦高也在这所学校就读，两人年龄相仿，能玩到一块儿去。施光南说话带着重庆口音，这让从小在金华长大的堂哥听起来有些费劲，但每当施光南唱歌，堂哥就能听懂了，觉得他唱得真好听。

城南的婺河，城北的北山，都是施光南最爱去的地方。一到周末，施光南和堂哥就相约跑去城南的河边，把鞋子往岸边一丢，撸起裤腿儿，在水浅的地方摸鱼虾，捉河蟹——水深的地方可不敢去，被家长或老师知道了可是要挨罚的。

两人经常比赛谁摸得多。泥鳅最难摸，它藏在泥里，就算摸到了，也很难抓住，它浑身太滑了，哧溜一下就跑了。每次眼看到手的泥鳅溜走了，堂哥总是气得捶打水面。施光南就安慰他："别着急，看准了，两只手轻轻插到泥里，右手罩着它的头部，左手抓住它的身子。"

堂哥照他的方法去做，果然，一会儿工夫就抓了好几条泥鳅。他禁不住夸施光南："想不到你不光唱歌唱得比我好，摸鱼抓泥鳅也有一套！"

"嘻嘻，我还会割稻子呢！"

这一天，两人去北山采野果，到了兴头上，施光南不禁唱起歌来。堂哥仔细一听，他唱的歌词，不就是每天在学校里发生的事吗？

"光南，这首歌是你自己编的？"

"是啊，都是咱们学校的事。"

"你真厉害，不光会作词，唱得也好听。以后咱们学校有文艺汇演，你就上去唱，肯定能拿奖。"

"我教你吧，咱俩一块儿唱。"

山坡上，两个少年躺在碧绿的草地上，望着蓝蓝的天，唱起歌来，直到太阳落山……

自导自演

九岁那年,施光南跟随父母去了北京,在北京先农坛的华业育才学校继续读小学。他学习成绩优异,多才多艺,很快成为童声合唱团的成员,还是美术小组的活跃分子。他经常被学校选去参加演出,还被邀请去广播电台演唱,其写生作品也受到老师和同学的夸赞。

在那段时间里,施光南放学回到家中,先把作业写完,接着就沉浸在自己的兴趣中:看书、画画、唱歌……

施光南的父亲施复亮,早年跟音乐打过交道。他年轻时,曾在浙江省立第一师范学校求学,李叔同①是他的音乐老师。一九一五年，李叔同在任教期间为一首歌曲填词，歌名是《送别》：

"长亭外，古道边，芳草碧连天。晚风拂柳笛声残，夕阳山外山。天之涯，地之角，知交半零落；一壶浊酒尽余欢，今宵别梦寒……"

施复亮虽遇名师，但由于历史环境复杂，他终日在外奔走，一心扑在革命事业上，荒废了音乐学习，并不通晓乐理。但他钟爱戏剧，是个老戏迷。

他最喜欢的物件是一台老式的手摇唱机，已经有些年岁了，从外观看不出这是一台能放曲儿的唱机，倒更像是一个大手提箱。外层是四四方方的木制大盒子，漆着厚厚一层黑漆，顶端除了两个锁扣，还有一个把手，侧面一个皮质提手。掰开锁扣方能掀开盖子，最先入眼的便是黑色的"大圆盘"，被称作唱片母盘，把唱片放到母盘上，纤细的唱针就会读取唱片上细微的起伏，将唱片上的凸点、凹槽转变成声音，非常神奇。

---

① 我国著名音乐家、美术教育家、书法家、戏剧活动家，是中国话剧的开拓者之一。后被人尊称为弘一法师。

他收藏了许多戏曲唱片，闲暇时，就会让施光南摇起唱机上的把手，两人听上一段。每次，施光南都聚精会神，心无旁骛，认真地听着、学着……

"见马谡跪在宝帐下，不由山人咬钢牙，大胆不听我的话，失守街亭差不差……"

施光南仅听几遍，大段唱腔张口就来。一段《斩马谡》，唱得清脆洪亮，经过父亲指导，后半段越发高昂激越，音色上虽有一些生涩之处，但是颇有几分"高派"①唱腔的影子。京剧就不用说了，像豫剧、越剧以及河北梆子等传统戏剧，他都能唱上两段。

北京是一个艺术荟萃的宝地，各种形式的艺术汇演，无不吸引着施光南。一有机会，他就让父亲带他去观看各种演出，因此受到了浓郁的艺术熏陶，学会了不少民歌、民调。

施光南还很喜欢读故事书，不仅爱读，还爱

---

① 二十世纪二十年代末至三十年代初的京剧老生流派，高派的特点是博采众长、全面发展，剧目丰富。高派的代表人物是高庆奎，代表剧目是《辕门斩子》和《斩黄袍》。

写，他读完一篇故事，兴致来了，就仿写一段。有时，有些章节读起来感触深，他就拿起画笔，给故事配上插图。由于看书多，用眼过度，不注意保护视力，施光南患上了近视，鼻梁上架了一副眼镜。

根据学校发生的趣事，施光南编写了许多故事，并配上插图，在哼唱中把故事讲述出来。

要是有人能演出来就更好了。施光南常常这样想。

一天，施光南听说北京电影制片厂准备拍关于"三毛"的电影，顿时来了兴趣，想出演"三毛"。

从识字起，母亲就送了他一套《三毛流浪记》，他喜欢得不得了，翻看了一遍又一遍，走到哪儿就带到哪儿。他觉得自己对三毛的故事很了解，一定能胜任三毛这个角色。

施光南跑到电影制片厂，找到相关工作人员，做了个自我介绍："我叫施光南，是华业育才学校的学生。我会唱歌，会画画，《三毛流浪记》我可以倒背如流！我想扮演三毛这个角色。"

工作人员笑着和他解释，主演三毛的演员早已定好，现在已经进入开拍的阶段，不能再报名出演任何角色了。

施光南深感遗憾，回到家后，他又翻看《三毛流浪记》，看到一半时，突然冒出了一个大胆的想法。他迅速找出一个本子，本子里写的是他以前改编的"三毛"的故事。他抓紧时间，又粗改了一下，改成一个"剧本"。然后，他把家属院的小伙伴都招呼过来，在自己家的客厅里"演戏"，他自己身兼编剧、导演和主演。

施光南很开心，总算是过了一把演员瘾。

《劳动小唱》

一九五一年,施光南小学毕业,来到北京师范大学附中二部读初中。

入学时,学校只有最基础的建筑,分别是教学楼、宿舍楼和图书馆。为了让大家拥有更好的教学和学习环境,开展更丰富的课余活动,每天课余时间,老师就会把大家召集起来,一起建设学校。

学校的设计图纸上,标注了人工湖、操场、游泳池……施光南看得出神,脑海中想象着学校建成后的样子,越想越有劲,挽起袖子加入建设的队伍,干得热火朝天。

施光南上学早,在班级里年龄最小,个子也

不算高,加上戴一副近视眼镜,显得很文弱。但他干起活儿来效率很高,比起班级里的大个子,一点儿都不逊色。

施光南所在的小组有十人,负责挖一个小土坡,这是将来的操场。小土坡被铲平之后,操场还是不平整,到处都坑坑洼洼的。但这没有关系,接下去他们挖人工湖,需要往外运土,挖出来的土正好可以填平操场。

施光南自告奋勇地往操场运土,把小推车里的土都装得冒尖了。老师和同学告诉他这样不行,载重量太大,恐怕他推不动。施光南却说:"这点土算啥?我能推得动。我每车多装一些土,操场就能早点填平!"

结果,他抬起小推车刚走了两步,就连人带车翻倒在地,土也撒了大半。

"光南,我们知道你能干,但是也要量力而行,你说对吗?"

"老师,您说得对,是我太着急了……我可以少量多次地运土,这样也能提高效率。"

看着他推着小车远去的身影,老师感叹道:

"真是个勤劳肯干的好孩子!"

有一次,吃午饭的时候,大家发现他眼镜的两个镜片上全是泥点子,然后被他擦出两个"圆圈"。原来是他只顾干活儿了,顾不上仔细擦拭眼镜。一名热心的同学帮他把眼镜清洗好,施光南连声道谢,自己也不好意思地笑了。

在这段忙碌的日子里,施光南有感而发,自己作词谱曲,创作了一首歌曲,名字叫《劳动小唱》:

一筐又一筐,
一锹又一锹,
铲平小土坡来把土坑填。
同学齐努力,
学校变成大花园。
……

施光南平时话少,有些腼腆,经常一声不吭地坐在那里搞"创作",加上个子又小,同学们都觉得他像个小姑娘一样。但是,他是一个有主见,内心很坚定的人,并不在乎同学们怎么看他。

有个叫伍绍祖的同学,很理解他,两人志趣相投。

学校值班室里有一个张大爷,平日里负责登记、收信件、打铃等工作。施光南和伍绍祖每次路过时,都热情地和张大爷打招呼。

冬天到了,北风呼啸,天气特别冷。这天傍晚,空中飘起雪花。施光南冻得直打哆嗦,急忙向教学楼跑去,准备上晚自习。

"哎哟……哎哟……"传达室传来一声声呻吟。施光南看到张大爷蜷缩在椅子上,用力捶打着自己的膝盖,疼得直咧嘴。他关切地问道:"张大爷,您不舒服吗?用不用送您去医务室?"

"光南啊,哎哟……不用啦!老毛病啦,关节炎,天一冷就犯,年纪大了,不中用啦……"

"张大爷,您走路要小心啊!"

"一会儿啊,我还要去打上课铃呢,你们自习快开始了吧?赶快去教室吧。"

"张大爷,您别着急,以后我来帮您打自习课的铃。"

一回到教室,施光南就把这件事告诉了伍绍祖。伍绍祖说:"光南,你做得很好,作为团小组长,我也要出一份力!以后咱俩一起帮张大爷打铃吧。"

"好,一言为定!"

从那天开始,整个冬天,两人定好时间,轮流去打晚自习铃,从不延误。

冬去春来,乍暖还寒,春风吹得到处是嫩绿的颜色。

施光南与伍绍祖一起加入了班级的钢琴组。他对音乐的兴趣更加浓厚了,利用大量的课余时间,收集整理报刊上的诗歌,以及写得好的歌词,然后自己编曲。有时候,听到有意思的民歌、京剧时,凭借感觉,他能几笔就勾勒出人物的大致形态,一学期不到,笔记本上就画满了人物速写。

施光南非常喜欢作曲,甚至到了痴迷的地步。课余时间,他常常独自一人,找个安静的角落写写画画的,渐渐与身边的同学疏远了。

《劳动小唱》

同学们对此议论纷纷。

"你看光南，整天躲在那里，搞自己的事情。"

"他在写啥呢？"

"作曲呗，你看他一点儿都不关心身边事，一心就想成名成家……"

施光南填写入团申请时，团支部同学进行讨论，不少人对他有误解，觉得他把心思都放在课外的事情上，思想政治不过关。为此，施光南郁闷了很久。

他委屈地跟伍绍祖说："绍祖，我从小就喜欢音乐，但我也没有因为音乐落下学习啊。你看，我的成绩也没退步呀！"

"光南，音乐是你的爱好，同学们并不是让你放弃音乐。但是你以后要多和同学们交流、沟通，让他们理解你。我相信，不光是我，同学们也都会支持你搞音乐的！"

第二天，伍绍祖把团小组成员召集起来，说："施光南喜欢音乐，我们应该支持他，说不定光南就是下一个贝多芬、舒伯特呢！"

大家频频点头，伍绍祖为了让同学们更多地

了解施光南，便趁热打铁，在班里举办了一场小型音乐会。伍绍祖弹琴，施光南唱歌，两人配合默契，琴声琅琅，歌声悠扬，一曲终了，掌声一片。

施光南站在台前，真诚地说："每个人的理想和追求都不同，我爱好音乐，这是不会改变的。为人民服务的方式有很多种，有的人用知识、劳动为人民服务，而我想用音乐为人民服务。"

有些曾经误解他的同学听完后，走上台来拍拍他的肩膀，夸赞道："唱得好，说得更好！"

伍绍祖在演出后总结："我们要放下偏见，学会理解，团结就是力量！"

"对！团结人民，团结同学，团结就是力量！"

台下，又一次响起了掌声……

梦 想

施光南念完初中，想报考音乐附中，但父母不同意，让他读普通高中。

施光南对父母说："我的梦想是上音乐学院，接受系统的音乐训练。"

母亲说："光南，你有梦想是好事，可是咱们家里没有从事与艺术相关工作的人，更没有搞音乐的，这条路不好走啊！"

施光南说："说不定我就是走音乐道路的人呢！"

父亲说："光南，虽然你从小就对音乐感兴趣，也得过不少奖，可你没有系统地接受音乐教育，这条路不会像你想象的那么好走。我和你母亲还是希望你能上个普通高中，考个大学，将来踏入社会，也有一技之长。"

施光南不服气："音乐也是技能，社会同样需要音乐人才！"

可是，无论怎么说，父母就是不同意他报考音乐附中。施光南只好到学校找老师，没想到老师也劝他："光南，你成绩很好，只要保持住，将来上个好大学准没问题。音乐学院不好考，不要做没有把握的事情啊！"

施光南很无奈，只能听从父母和老师的意见，老老实实地去了北京一零一中学。可是，他却变得消沉起来，成绩也下滑了。

无论怎样，施光南的音乐梦想永不停歇，他一有时间就创作歌词。他随身带一个记事本，用来摘抄诗歌，记录瞬间的灵感迸发出的词句。时间一长，歌词、曲子和速写等内容占满了本子，形成"歌集"。

学校举办文艺活动时，各个班级的同学都跑来找施光南："光南，把你的'歌集'借给我看看呗！"

"光南，给点素材吧！"

这时候，施光南才感受到坚持梦想所带来的快乐。可是，他的口碑却在学校里出现两极分化，一部分同学认为他不爱学习，上课爱搞小动作；另一部分热爱文艺的同学，觉得他很有才华，不仅唱歌好，还会作词谱曲……施光南并不管别人怎么说他，专心搞音乐。

高中一年级，学校要举办新生文艺汇演，要求每个班都要出一个拿手的节目，并且学校还组织了专业的评委，对各个班级的节目进行打分评比，如果获得优胜，就会给班级带来荣誉。

在班主任葛老师的组织下，施光南所在的班，有才艺的同学组成一个文艺汇演小组，抓紧时间编排节目。施光南就是小组里的骨干成员，他提出的很多点子都被同学们接纳，被葛老师赞赏。

好景不长，突然传来一个坏消息：葛老师生病住院了！这个节骨眼儿，老师病了，群龙无首，大家只好把文艺汇演的事往后放一放，先去医院看望葛老师。

可是，给葛老师带点什么好呢？

班长说:"我提议,咱们一人给葛老师带一个鸡蛋,鸡蛋有营养,希望老师能尽快康复。"

"好!"

"我同意!"

……

于是,每人从家里带了一个鸡蛋,并在蛋壳上写上了祝福的话。班里五十一个同学,五十一个祝福,把小篓子装得满满的,让葛老师的心暖暖的。

葛老师吃力地支撑起身子,嘱咐大家不要耽误学习。

"葛老师,您好好养病,我们会好好学习的。"施光南说。

"我还在担心,文艺汇演的节目没有确定下来……"

"葛老师,您不要担心,文艺汇演的节目就交给我来编排吧!"施光南信心满满地说。

"你?这可是全校文艺汇演啊!"有的同学不信任他,语气里充满了不屑。

"你能行吗?"

"就是啊,你心里有谱吗?你说说咱演什么?"

面对质疑声,施光南坚定地说:"请大家相信我,我已经有了初步的想法,正在创作一个节目,大家一起来演!"

"同学们静一静,没有别的办法了,我赞同让施光南来试试!"班长率先站出来表态。

葛老师看着施光南,对同学们说:"我相信光南能够做好,希望同学们多些耐心,在节目编排上多多帮助他。"

听到老师这么说,很多反对的同学也不出声了,但有的同学说:"光南,你明天能拿出节目内容吗?"

"你做好内容,我们再和你一起排练!"

施光南拍着胸脯保证,明天一定会拿出节目来。其实,在去看望老师的路上,施光南就已经想好要演什么节目了,他想把同学们盼望老师早日康复的愿望写成一首歌。

第二天一早,施光南就拿出了节目——《五十一个鸡蛋五十一颗心》。他对同学们说:

"我把昨天咱们去看望老师的事情写成了一首歌，这是真实发生的事情，希望大家在演唱过程中，自然流露出自己真实的情感。"

"好！真有你的。"

"光南，你真厉害！这么好的题材，你一晚上就写好了！"

"行！我保证一定好好唱！"

登上舞台后，他们的演出很成功，获得了文艺汇演一等奖。

葛老师非常高兴，同学们也对施光南刮目相看，逐渐走进了他的内心世界，感受到了他炙热的音乐情怀。

《懒惰的杜尼亚》

　　这一年,团支部会议上,施光南的入团申请被全票通过。施光南对同学们说:"感谢大家对我的认可,我会继续努力,用音乐服务祖国,服务人民!"

　　秋风渐起,凉意弥漫。夜晚,月亮早早挂上枝头,北京郊区的校园里,经常传出优美的旋律:

深夜花园里四处静悄悄,树叶也不再沙沙响;
夜色多么好,令人心神往,多么幽静的晚上。
小河静静流,微微泛波浪,明月照水面,银晃晃。

依稀听得到，有人轻声唱，多么幽静的晚上。

我的心上人坐在我身旁，默默看着我不作声；

我想对你讲，但又难为情，多少话儿留在心上。

长夜快过去，天色蒙蒙亮，衷心祝福你好姑娘；

但愿从今后，你我永不忘，莫斯科郊外的晚上。

这是一首苏联歌曲——《莫斯科郊外的晚上》，薛范先生将其译配后引入我国，一夜之间便流行了起来。这首歌意境优美，施光南很喜欢，也让他对外国歌曲产生了兴趣。一有时间，他就翻开自己的小本子，对照着报刊上的苏联短诗，开始谱曲。

从那以后，施光南嘴里哼的"外国歌曲"，总是能引起同学们的好奇心，纷纷围着他问这问那：

"咦？这首歌真好听，作者是谁？"

"名叫……伊凡诺夫。"

"我怎么没听说过,是一个年轻作曲家吗?"

"这……"施光南一时语塞。其实,他哼唱的这些歌曲,都是自己创作的。这个秘密只有好友伍绍祖知道。

伍绍祖问施光南:"光南,你写了这么多歌曲,为什么别人问你时,你不承认呢?"

"我觉得……最重要的是作品的质量,大家不知道作者是谁而喜欢这首歌的话,那作品才算是经受住了考验。"

"你还有一套自己的理论呢!我看你是害羞吧?"

"没……没有,怎么会呢?"

看到施光南慌张的样子,伍绍祖大笑:"哈哈哈,跟你认识这么久,知道你的性格,不喜欢张扬。"接着,他话锋一转,"对了,跟你说正事。学校办了一个刊物名叫《圆明园之声》,老师让我推荐编辑人选,我思来想去,觉得你是最适合的人选,所以来问问你想不想做编辑。"

"好啊!我愿意。"施光南兴奋地说,"还是你懂我!绍祖,我一定尽自己的努力,把刊物办好!"

这天上课,施光南突然眼神迷离。一会儿,他猛地转头,对同桌小声说:"我脑海里出现一首歌的旋律,我要记下来!"

"可现在是上课时间……"

"没关系!你好好听讲,下课给我补补。这个旋律我要是不记下来,下课就忘啦!"

施光南奋笔疾书,在本子上勾勾画画,擦擦改改。下课后,同桌问他:"写好了吗?这首歌叫什么名字?"

"先不要急,等我完成后再告诉你!"话一说完,他便跑得没影了。

过了几天,《圆明园之声》上刊登了一首"爱沙尼亚民歌"——《懒惰的杜尼亚》,作者是"阿查都历亚"。从此,校园里回荡起一段轻快的旋律。

不久,施光南在读报时,发现一则消息:"北京市少年歌咏比赛获奖节目,将由中央人民广播电台少年合唱团在人民剧场汇报演出,演出曲目有:……《懒惰的杜尼亚》……"看到这里,施光南难掩内心的激动，曲目作者署名正是"阿查都历亚"，这个只有他自己知道的"作曲家"！这还是他自己作曲的作品，第一次登上这么大的舞台。

演出时间是周末，施光南兴冲冲地来到剧场买票时才得知：此场演出不公开售票。

临近演出，进剧场的人越来越多。施光南急得满头大汗，见到人就问："您有多余的票吗？"

得到的回答都是"没有"。他一屁股坐在台阶上，两手托腮，沮丧极了。这时，有个人走过来说："嗯？这不是光南吗？你也来这里看演出？"

施光南抬头一看，原来是自己的初中老师，便如实地说："老师……今晚演出，有我写的一首歌，可是我没有票，进不去。"

"哦？哪一首歌是你写的？"

"是《懒惰的杜尼亚》，我的作品第一次登上大舞台，我很想去看看……"

"给，拿去。"老师递给他一张票。施光南激动得不知道该说什么好了，伸出的手停在半空："老师，那您怎么办？"

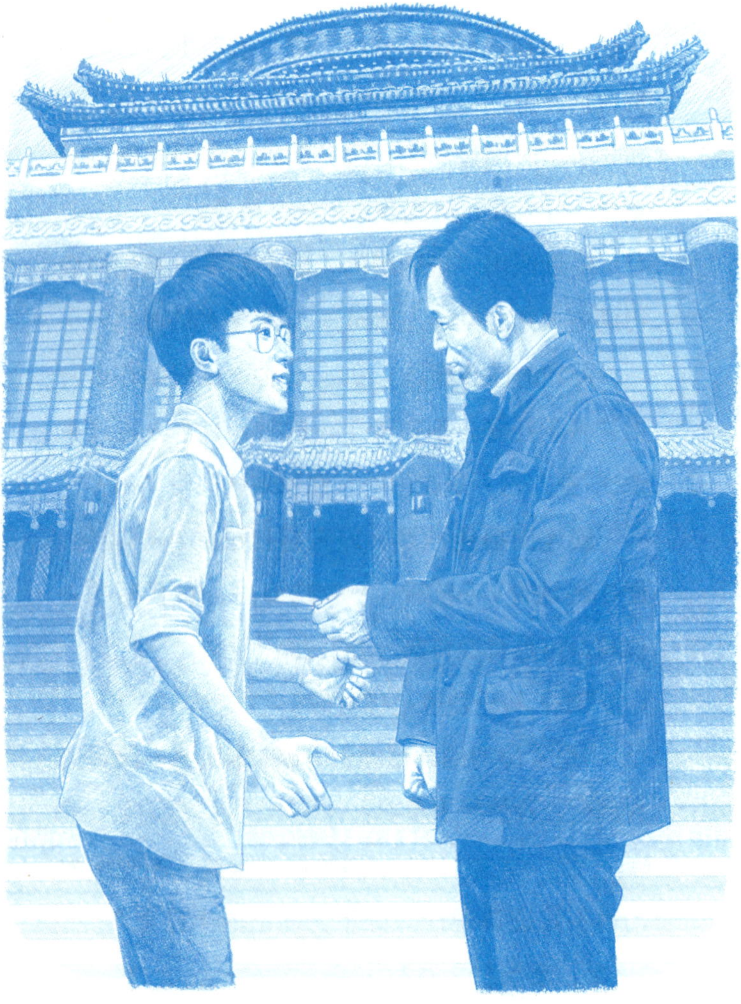

"我有办法。自己的学生获奖了,得到了大众的认可,作为你的老师,我很高兴。"老师把票放到施光南手里,"作者可一定要亲自看一看哟!快拿着票入场吧,演出要开始了。"

"谢谢老师!"施光南拿着票,飞快地跑进剧场。

几首歌曲唱罢,报幕员拿起话筒:"下一个曲目,《懒惰的杜尼亚》,词曲作者阿查都历亚。"

施光南两眼放光,使劲往前探了探身子,如果后面没有观众,他甚至想要站起来观看。轻快的旋律响起,紧接着空灵清澈的女声唱响:

杜尼亚哎呀杜尼亚哎,
真是个懒惰的人啊。
杜尼亚哎呀杜尼亚哎,
真是个贪睡的人啊。
爸爸叫她去打水,
她拿水桶出去。
走到了,井台边,
放下水桶睡大觉。

睡着睡着下起雨，灌满了水桶，
杜尼亚浇成落汤鸡，哭着回家去!
……

施光南在台下轻声和着，脚尖轻触地面，打着节拍……一曲终了，掌声雷动。他想，这些掌声不仅是献给歌手的，更是送给自己最好的礼物。

这是施光南匿名发表的第一个作品，也是得到社会认可的第一首歌。

音乐学院

夏天到了,知了组成了"合唱团",不知疲倦地歌唱。这是夏天最动人的歌声。

施光南学完高二的课程,准备步入高三。当时父亲正好要去青岛疗养院疗养,便把施光南与哥哥姐姐一起带到青岛。

盛夏的青岛,红瓦绿树,碧海蓝天,浪花轻轻拍打着海滩,真是一座美丽的海滨城市。

疗养院有专门的俱乐部,像是一个小剧场,摆满各种乐器。这是施光南最喜欢来的地方,白天没有演出的时候,他就泡在这里,翻翻乐谱,弹弹钢琴。有一天,翻看乐谱时,一首曲子映入眼帘——《圆舞曲》。

施光南激动地拿起乐谱，跑去找哥哥姐姐："快看，这是我写的！"

"你写的？"哥哥疑惑地看着他。

"光南，这上面的作者名字可不是你啊，这是一首外国歌曲。你怎么说是你写的？"姐姐不相信。

"真的，我不骗你们，不信我唱给你们听！"施光南把乐谱合上，"我不看谱子就能唱出来！"施光南唱了一遍。

"真是你写的？！"

"是我写的，作者名字是我胡编的，我没骗你们。"

"真行！今晚叫爸爸一起来看演出吧。"

"好啊，我也想看到专业的乐队演奏我的《圆舞曲》。"

夜幕刚刚降临，施光南比父亲他们早一步来到俱乐部，却被门口的保安拦了下来："小伙子，你不能进。"

"我为什么不能进？"

保安读起规章制度："穿短裤者禁止入场。"

"今晚演出有我写的歌,我想进去看看。"

"那……也不行。"

这时,施光南的父亲和哥哥姐姐赶来,与保安沟通后,他才得以入场。不一会儿,灯光闪动,熟悉的旋律响起,人们翩翩起舞,施光南沉醉其中。

回去的路上,父亲问他:"光南,你写的曲子有好多都发表了,为什么到现在还不署名?"

施光南说:"署不署名不重要,只要我的作品被人传唱,能得到社会的认可,我就心满意足了。"

"说得好!有格局,有胸怀。以后也不要骄傲,再接再厉!"

"嗯,我一定谨记!"

暑假结束后,高三的课程很紧张,施光南的创作热情非但不减,反而更加高涨。

这一天,伍绍祖把团小组的同学召集起来说:"同学们,光南创作了三百多首歌,有的歌曲被广泛传唱,可是知道他的人太少了,我提议,咱们给他印本书吧!"

他的话得到了热烈的响应，同学们这个出五毛，那个凑一块，零花钱多的同学还有出五块的……两天的时间，大家凑起了几十元钱。施光南很感动，他把自己省下来的零花钱也都拿出来了。

印书的钱够用了，可书名还没想好。伍绍祖问他："光南，想取个什么名字？"

"我想取名为《中外民歌选》，怎么样？"

"你是作者，当然你说了算。"

施光南这样取名是有原因的。《中外民歌选》总共收录三十四首歌曲，只有寥寥几首署名是施光南，剩下的大多是他编的名字，有中国的，也有外国的。

为了纪念中学时代的友谊，也为了感谢伍绍祖的倡议，施光南专门送给伍绍祖一本歌集，并在扉页上写下"见此如见人，久久莫相忘！赠给绍祖。光南1957年7月7日"。

施光南的第一本作品集，是在团小组的帮助下出的，这使他常怀感恩之心。

高三上学期的一天，母亲觉察到施光南心

神不定，便找他谈话："光南，你对将来有什么想法？"

"我就一个愿望，我想报考音乐学院。"

"好。你现在需要什么？"母亲看到了他在音乐上取得的成绩，想帮助儿子完成梦想。

"妈，我需要一架钢琴。报考音乐学院要考钢琴演奏。"

"买钢琴不是件小事，得从长计议，我们先找一位钢琴老师吧！"

可是，距离高考只有半年的时间，这对他学习钢琴是一个巨大的挑战。但施光南没有被难倒，他制订好学习计划，先去书店买了一本《拜厄钢琴初级教程》，一有时间就不停地看，手悬在空中，模拟敲击琴键的节奏。没有钢琴，这是他能想到的最好的练习方法。

这期间，母亲四处托人找钢琴老师，终于打听到一位私人钢琴教师林太太。母亲带着学费和礼品，拉着施光南一起去林太太家拜访。

林太太问施光南："小伙子，你多大了？"

"还不到十七岁。"

"十七岁？"林太太拉过施光南的手，左看右看，拽着他的手指抻了又抻，"我只教小孩，从来不教这么大的人。你的手指早就硬了，怎么学？"

"请您收下他吧，他想报考音乐学院，孩子很好学，相信他会努力学好的。"母亲央求林太太。

"报考音乐学院？怎么现在才学钢琴？人家的孩子都是从小就弹琴的……你们还是回去吧。"

施光南倔强地拉起母亲的手："妈，回家。"出了门，他又说，"妈，咱不求人了，我可以自学。"

"光南，咱家里买不起钢琴，你平时怎么练习？"

"我有自己的方法。"

后来，母亲又四处打听，最后找到一个家中有钢琴的朋友。从此，施光南每天都过去练琴。除了练习教程上的内容，他还经常弹奏自己编的曲子。

半年时间一晃就过去了，施光南走进中央音乐学院的考场。第一场考的是口试，施光南成竹在胸，对答如流，不仅内容表达得清晰有条理，还有许多自己的观点和见解。

主考官江定仙教授频频点头，表示认可。

到了演唱环节，更是施光南的拿手好戏，京剧的《斩黄袍》、川剧的《投江》、河北梆子、河南坠子……他会唱的很多，而且唱得都很好。

监考的苏夏老师称赞道："唱得好！表情达意、吐字行腔都具韵味，在音调的伸缩、节奏的松紧和速度的变化上也有一定的创造性，并带有不少即兴创作的成分，十分可贵。"

第二场笔试，面对各种各样的乐理知识，施光南急得满头大汗，虽然心里明白，可是写不出专业术语。他擦一把汗，勉强答完笔试。

接下来是听力环节，施光南长舒了一口气，他的听力很好，只是稍微有点紧张。

第三场是钢琴演奏，考官说："自报曲目吧。"

施光南说："我弹奏的是莫扎特的《G大调小奏鸣曲》。"

考场上一阵骚动，施光南心里清楚，这种曲

目难度小，可以说是入门级，在音乐学院这种高等学府，难免会招来嘘声。

"准备好了就开始吧。"考官话音一落，施光南的手指就哆嗦起来，错误频出。

"稳住，从头开始弹。"施光南告诉自己，赶快做出调整。

弹奏完第一小节，施光南就停下了，低头坐在钢琴前。

"复调曲会弹吗？"

"会，接下来我弹奏《牧童短笛》。"

考场里又是一阵骚动，考生们窃窃私语："小奏鸣曲都弹不好，居然会弹《牧童短笛》？"

"就是啊，这么难的曲子，可别闹笑话……"

考官对施光南说："你不要紧张，好好弹。"

这一次，施光南放松了不少，手指变得灵活了，弹奏得很流畅。但考官发现了一个问题：他的指法很不规范。

考官哪里知道，施光南根本没有受过系统的训练，这一曲《牧童短笛》的弹奏，用的是他长时间对空练习形成的"独创"指法，好在这套指法很契合这首曲子。

考试继续进行。

"你的自选曲目是什么?"

"我的自选曲目是《高山流水》。"

考官一愣,这是一首什么曲子?怎么没听过呢?便问他:"作者是谁?"

"是我自己写的。"

"哦?那你演奏吧。"

施光南用心弹奏完这支曲子,考官点点头:"自己会创作,这非常好,乐感也不错,但是考试的主科还有差距,回去等通知吧。"

施光南心里很忐忑,放榜那天,他起了个大早去看榜,结果榜上无名。十七岁的他,第一次遭遇这么大的挫折。

插班生

名落孙山之后,施光南备受打击,整天闷闷不乐,时不时翻看自己的歌集,从中寻求慰藉。母亲安慰他:"光南,要不先考其他大学吧?你的成绩也不错,以后有的是机会学习音乐。"

施光南说:"上音乐学院是我的梦想,我不甘心。"

这一天,他收到了江定仙教授的亲笔信——

"施光南同学:由于你的音乐基础知识较差,没有被本科录取。但考虑到你有良好的音乐感觉和作曲才能,建议你到本院附中插班补习两年,打好基础。不知你的意见如何?"

施光南高兴坏了,这无异于绝处逢生!他手

舞足蹈地喊着:"我愿意,我当然愿意了!"

可是,施光南的同学却劝他:"你现在可以马上考大学,但这一去,等于重读两年高中,这是何苦呢!"

施光南说:"为了我的音乐梦想,我心甘情愿。不,是求之不得!我有信心,只要继续努力,就一定可以考上音乐学院!"

"三百六十行,行行出状元,你怎么就认死理呢?"

"我就认准了音乐学院,这是我的梦想。"

这一年秋天,施光南来到了天津,作为插班生进入中央音乐学院附中上高二。

插班学习并不是一件轻松的事情,施光南基础差,起步晚,相比于班上的同学,差距很大。他们都是从小就学音乐,钢琴弹得好,理论知识也过关。学校老师根据他的个人能力,把他分在了基础最差的丙班。

面对这样的环境,施光南并不自卑。可是,即便在丙班,他在学习乐理知识时也仍感到吃力。第一次去琴房练琴,班上的同学就起哄:"施光南，弹一段吧！"

"露一手呗，我们想看看能让江教授写亲笔信推荐来的学生有多厉害。"

"让我们开开眼。"

"好，那我就弹一段！"施光南很自信。

"哟，你们瞧瞧，他那是什么指法？"

"真是乱弹琴，你看他连手该怎么放都不知道。"

"我还以为他有多厉害呢！"

"太业余了吧！"

……

他们你一言我一语地议论着。突然，有个同学问他："光南，你的钢琴老师是谁？"

"我没有老师，我自己练的。"

"钢琴还能自学成才？"

"怪不得弹成这样……"

这些从小就练钢琴，有的甚至是来自音乐世家的同学，无法理解施光南。

施光南说："我研究过教材，了解钢琴弹奏的原理。"

"你看的什么书?"

"《拜厄钢琴初级教程》……"

"哟,这是我小学时就用的书。"

"这书我早就不看啦。"

……

周围一片嘘声,施光南沉默不语。他没有料到,自己在北京一零一中学,凭借过人的音乐才华备受瞩目,但在音乐学院附中,居然受到嘲讽。施光南暗暗发誓,一定加倍努力,赶上同学们的成绩。

有一次,班里召开分享会,有个同学问施光南:"你喜欢什么音乐作品?"

施光南说:"我喜欢京剧、民歌……"

"停,停……我是说,外国名曲。"

"我也喜欢苏联歌曲。"

"肖斯塔科维奇听说过吗?"

"我知道。"

"你喜欢他的协奏曲,还是奏鸣曲?"

"我不太喜欢这些……"

又一个同学站出来,他曲解了施光南的意

思，嘲讽道："你好厉害啊！居然看不起肖斯塔科维奇？"

"你懂西洋音乐吗？"这些从小就深受西洋音乐影响的学生，纷纷站出来指责他。顿时，教室里唇枪舌剑，唾沫横飞……

施光南被搞得晕头转向，紧张地解释道："我没有看不起任何作曲家，也不是不喜欢西洋音乐，但我认为音乐不分国界和高低贵贱。我们民族的优秀文化，像京剧、昆曲、民歌，也都是值得研究和学习的音乐……"

"钢琴都弹不好，还研究什么民族文化？"

"基本常识都不会……"

众人七嘴八舌地"讨伐"这个半路出家的同学，完全不听施光南的解释。施光南气得满脸通红，打开门跑了出去。

夜里，雾气弥漫，月亮躲在云层后面。施光南走在路上，怅然若失。要去哪儿呢？他自己也不知道，只是不想回学校。走着走着，施光南来到了火车站。"回北京吧！"一个声音在心中响起。

汽笛声声。哐咻，哐咻……一列开往北京的火车正在驶离站台，一个彷徨的少年，站在空荡荡的月台上。他想起了在北京的父母、当初劝自己上大学的同学们，还想起了伍绍祖……

但他转念一想，自己好不容易才来到这里学习，不能就这么走了。当初是自己选择了这条路，虽然崎岖不平，但我无怨无悔。别人越是瞧不起我，我越是要做到最好！施光南想着，步伐坚定地走向学校。

月光拨开重重迷雾，淡淡地洒在大地上，路灯也亮了起来，回去的路，很平坦。

快到校门口时，他远远听到有人在喊自己的名字："施光南——"

"光南，你在哪儿？"伴随着一声声呼喊，手电筒的光柱在夜空摇曳。

是班主任的声音，还有同学们！坏了……我离校出走，这么晚还没回去，肯定把老师急坏了，一会儿免不了受罚。施光南一想，抬腿跑了起来，一边跑一边喊："老师，我在这儿……"

他以为会挨训，结果却恰恰相反，老师说：

"光南，老师和同学们都理解你。是不是心情不好？你插班来学习，跟同学们还不熟悉，相互之间有些误解也是难免的。你最近成绩越来越好，作业做得也很认真，你的努力大家都看在眼里，以后遇到什么事情要跟老师说，可不要冲动啊！"

施光南说："老师，请您放心！音乐永远在我心中。我会努力学习，证明自己。"

学校生活

施光南在音乐学院附中读书时,是个不太注重仪表的人。他天天穿着一套学生装,白衬衫也经常系错扣子,弹琴时直接把衬衣袖子卷起来,往上一撸,露出粗壮的小臂和一双大手,全部心思都放在了音乐上。他练琴很刻苦,利用一切时间,课间、周末……明明已经放假,他却不回家,一头钻进琴房。不能练琴的时候,他就找一本乐理知识书,不停地翻看,加深理解。

有同学对他说:"你干吗这么用功?假期不休息,连这种枯燥的理论书也能读进去?"

施光南说:"我专业知识基础差,专业术语不过关,在考场上吃过一次亏了,我要赶紧补回来。"

这样的生活日复一日。终于,在一次学校测验中,施光南各项成绩优异,尤其是视唱练耳,更是拔尖。老师说:"光南,你能在这么短的时间里把基础知识成绩提高,很不简单!"

先前质疑他的同学也说:"你真是太好学了,这么快就赶上来了!"

"真佩服你,我现在明白江教授为什么推荐你来了!你不仅天分高,而且很努力。"

不久,施光南来到基础最好的甲班,在老师的推荐下,担任了视唱练耳的课代表。同学们都很佩服他,说他是最适合的人选。

施光南不仅爱听民歌民曲,还喜欢收集国外歌曲。他有一个良好的习惯——坚持记录听过的曲子,整理在笔记本上,反复研读、唱练;而且他记忆力很好,凡是他记录过的曲子,只要有人问,他就能准确地哼唱出来。若需要详细的谱子,他也能在最短的时间里,翻找出自己做的笔记。班里的同学都被他这种乐学好记的精神所折服。大家戏称他是班级里的"有问必答"。

有一次，同学们聚在一起听广播，主持人讲完开场白后，一段动人的旋律响起。

"这曲子好听，之前怎么没听过？"

"一看你就没认真听开场白，主持人都说了，这是一首新曲子。"

"我说呢！这曲子还没发表过吧？只可惜没法仔细研究了。"

施光南轻轻推了推眼镜："我记下了。"

"记下了？记在哪儿了？"

"脑子里，今晚我就把曲子写出来给大家看看。"

当晚，施光南果然写下了广播里播的曲子，大家佩服得五体投地。

也许是经历过一次失败，施光南的危机感特别强烈。每次一下课，他就整理老师课上讲的重点，反复看上几遍；遇到不理解的问题，他就跑去老师办公室，问个不停。

有一天，老师留了一项课后作业，让同学们搜集任一地区的民歌，并做出相应的分析。这下难倒了不少同学，他们偏爱西洋音乐，对民歌了解甚少。有的同学虽然对民歌有一些初步的理解，但是要进行全面的结构分析，却无从下手。

大家七嘴八舌地议论着，不约而同地把目光转向了施光南："光南，你有什么想法？"

"我想跟大家探讨一下，就说陕北民歌，我们可以把典型音调、发声方式和衬词的特色作为切入点来分析……"

同学们听得很认真，施光南又根据自己所讲，即兴编了一曲。唱完，同学们一齐鼓掌："太好了。"

"这下知道该怎么做了！"

"光南，你以后一定会成为最厉害的作曲家！"

施光南说："我希望我们都能成为艺术家，为祖国、为人民做出贡献！"

时光如流水。施光南已经在音乐附中读到高三，门门成绩优异，钢琴的弹奏技艺也日渐成熟。但他没有止步于此，反而更加努力。对音乐了解越深，基础打得越牢，他便越放不下心中的执念——民曲、民调。

施光南在同学的眼中，是出了名的戏迷。一

有空，他就走街串巷，到处寻找来天津演出的民间戏剧团。时间久了，天津的戏园子，没有他不知道的。遇到"戏荒"时，他就到偏僻的乡下采风。

有同学打趣道："光南，你很有趣。学音乐越久，你越喜欢这些土得掉渣的东西。"

施光南说："这叫'原汁原味'，越品越有味道，都是精粹！"

在施光南的影响下，越来越多的同学开始对民间戏曲感兴趣。俗话说得好：外行看热闹，内行看门道。施光南就是学生中的内行。很多同学听完戏后，就会鼓掌说好。施光南就不同，他会在脑子里想：大家都说好，好在哪里？为什么好？

冬日，一场大雪毫无征兆地飘落，凛冽的北风卷着雪花，一路横冲直撞。天空中，路面上，白茫茫一片。施光南找到好友："走，看戏去。"

"太冷了！我不想出门。"

"你不是也喜欢戏剧嘛！不去多可惜！冷点怕啥？"

"天气好时再看吧。"

"这次错过了,下次不知等到什么时候,走!"

两人顶风冒雪,来到戏院。看完戏,已是傍晚,雪停了,晚霞把地上的积雪染成暖暖的红色。施光南两手揣在袖筒里,慢慢走着,皱着眉头,沉默不语。好友问他:"光南,怎么一听完戏,你就跟丢了魂似的?"

"哦!我在想事情……"

"想什么呢?说出来听听。"

"刚才听的戏腔很有特点,我想记下来。"

"能记住吗?"

施光南看了他一眼,直接开口哼唱起来,唱两句就停下,分析其中的唱腔,分析完一段再唱……

"真神了,你是怎么记住的?"

"用心听,一遍就记住了。"

施光南说着,挥舞着手臂,方才演员在戏台上表演的一招一式,他模仿得惟妙惟肖。

这件事情在学校被传为佳话。

毕业演出

年底,学校开始组织新年联欢晚会。施光南跑去找好友:"联欢晚会上,咱俩出个节目吧!"

"咱学校的晚会可从来不缺节目,每个同学都有拿手绝活,咱们还是老老实实看晚会吧。"

"那怎么行?他们有他们的绝活,咱们有咱们的绝活。"

"有啥绝活?"

"我想把地方戏剧改编成一个节目,具体细节还没想好。"

"这是个好点子。"

施光南觉得,每年的联欢晚会都搞得像是西洋乐专场,虽然不乏琴技高超的同学让人大开眼界，有些音乐也是巨作，可是由于缺少民族特色，很难引起观众的共鸣。

为了准备节目，施光南利用一切课余时间，拽着好友到处听戏，从中积累经验，吸取创作的养分。这一天，一个好消息传来：河北省武安落子剧团来到天津演出，所有的节目都在音乐学院附中排练。

施光南抓住机会，一有时间就蹲在剧团排练场地，和演员们聊天，有时帮着打打杂，很快就和剧团的演员混熟了。他随身携带小本子，演员排练时，他就在台下做笔记，反复揣摩人物的心理、台词，遇到特别精彩的地方，还会私下向演员请教。剧团里的演员都很喜欢他。

剧团要在学校附近正式演出了，施光南约上好友一同前往。路上，他把自己这些天的收获跟好友讲了。好友不解："你都研究得这么透彻了，为啥还来看正式演出？"

"这还不够，排练肯定不如正式演出，正式的演出有更强的表现力、更细腻的情感表达。"

果然，看完之后，施光南和好友被深深地感

染了,演员们以收放自如的演技,夸张的表达方式,把农村生活展现得淋漓尽致。

好友感叹:"真是'原汁原味'啊!"

施光南说:"比起西洋音乐,民间戏剧的表达方式更为直白,看起来随性的动作和情节,都有它的深意,是一个由浅入深的过程。"

回到学校,施光南开始创作。他对好友说:"咱俩就演'新媳妇向王嫂借物'这一段。"

"两个角色都是女的,咱俩都是男的,怎么演?"

"男生演女角色,来个反串,效果肯定更好!"

"这能行吗?要不再去找别的演员来演?"

"你放心,我来当导演,一定行!"

两人紧锣密鼓地排练着。到了演出这天,施光南一上台,就引得观众大笑:他个子高,又穿着彩旦的戏服,一双脏兮兮的大棉鞋还露在外面,样子很滑稽。施光南心里很得意,这个造型可是他别出心裁设计出来的。

好友出场后,两人演对手戏,台下观众的热情空前高涨,笑声不断……戏中,施光南扮演的

中华先锋人物故事汇　施光南

"王嫂"有大段唱腔,他本来歌就唱得好,自己还编排了一系列夸张的动作,紧贴情节,将人物性格塑造得栩栩如生。

在场观看的老师们赞不绝口:"光南真把这个人物演活了!"

"戏剧效果达到了极致!"

短短几分钟,台下爆发了数次掌声。演出大获成功。

施光南在音乐学院附中的这两年里,依靠不懈的努力,在追逐音乐梦想的道路上,一步一个脚印地走着。

临近毕业,学校里的气氛变得压抑,同学们都在准备自己的毕业演出,一个个忙得不可开交。

班主任找到施光南:"光南,毕业演出的曲目定好了吗?"

"老师,定好了。我想弹奏格里格的《a小调钢琴协奏曲》。"

"这首曲子很难,有把握吗?"老师怀疑地看着他。这首曲子在演奏技巧上难度很高,就算是从小学钢琴的学生,技术达不到一定级别,都不敢碰这首曲子。老师的表情慢慢变得凝重:"且不说乐曲的内涵意义很难揭示,光是把握住乐曲风格就绝非易事。"

"老师,放心吧,我有把握。"施光南说。

毕业演出这天,毕业生们依次上台,每个人都是有备而来,纷纷把自己最拿手的曲子演奏给观众。

轮到施光南演奏了,只见他走上台,先是一个亮相,然后坐到琴前,酝酿了一会儿情绪,开始演奏。刹那间,施光南十指飞舞,时而微微颔首,时而闭目思索,时而肩膀随着节奏耸动……激扬的旋律久久回荡,奔放而自由的演奏风格令人心潮澎湃。

随即,台下响起了热烈的掌声……

《革命烈士诗抄》

一九五九年秋天，施光南考上了天津音乐学院①，成为作曲系的一名学生。

在追求音乐的道路上，他一点儿没有松懈，依然以高标准来要求自己。琴房和图书馆，这两个地方，他一天不去就感觉缺少点什么。

坐在图书馆里，施光南的目光穿过厚厚的镜片，在书本上不停地游走。他热爱民间音乐，凡是相关的书籍，无不被他翻看得卷起毛边，笔记也记满了一本又一本。

施光南渐渐发现，馆藏图书里，有关民间音乐

---

① 天津音乐学院的前身是1950年创办于天津的中央音乐学院。1958年，中央音乐学院迁往北京，留津部分改称天津音乐学院。

的书籍并不多,而且大都已被他读过。于是,他四处留意,遇到相关书籍,就从其他地方省出钱买下。自习室的书架摆满了与民歌、戏曲相关的书,书架上放不下了,他就拿回宿舍,堆在床下。

有一段时间,施光南消瘦了不少,班上的同学私下里问他是不是有什么心事。

施光南说:"我的心事都在音乐上。"

"哈哈!为伊消得人憔悴。"

原来,施光南一看起书来就忘记吃饭,饿过头了,反而感觉不到饿了。同学笑他是书虫,光知道啃书了。

这个学期,施光南被学校评为先进。学校的阅览栏里,宣传他是"天才加勤奋"的典型,号召同学们向他学习。

施光南的同学这样评价他:"在我们这一代人当中,论民族音乐的底子,谁也比不上施光南。"

对于西方音乐,施光南也喜欢钻研。他心里明白,不管东方还是西方,官方还是民间,所有的音乐都有自己的特点和长处。

大一的时候,施光南创作了一首具有西洋风

格的曲子——《青年友谊圆舞曲》，第一次演出，就获得热烈的反响。

有同学问他："这曲子好听，轻快，洋气！你的灵感来自哪里？"

施光南说："其实你应该很熟悉，这是从西皮原板演变过来的，我只是用了变奏的手法。"

同学不信："这么洋气的曲子是从西皮原板变化来的？这可能吗？"

后来，这名同学仔细对照了西皮原板和《青年友谊圆舞曲》的音调走向，发现施光南所言不虚，便对施光南说："妙啊！光南，真有你的！"

学校组织学生们去体验生活，参加劳动。施光南抓住机会，把所见所闻悉心记录下来，在此期间还坚持创作。《五好红花寄回家》就是他这一时期比较有代表性的作品之一。这首曲子曲调积极活泼，既贴近生活，又具有鲜明的民族风格，在后来的全军第三届文艺汇演中，获得了优秀奖。创作这首曲子的灵感，施光南是靠着研究河北民歌得来的。

课业繁忙，施光南在学习和创作上都是"拼

命三郎",已经很久没有回过家了。

有一天,施光南收到母亲的来信,思念之情涌上心头,泪水在眼眶里打转。母亲在信中对他讲:"光南,你现在学业繁忙,一定要照顾好自己,父母非常思念你,但我们都支持你去追求自己的理想。你虽然是我的儿子,但我希望你也是中国人民的儿子,世界人民的儿子……"

施光南将这句话工工整整地抄写在本子上。在他的记忆中,父母为追求真理,坚持革命,半生颠沛流离。与父母同时期的战友,有很多没有见到胜利的曙光,牺牲在黎明前的黑夜。现在的幸福生活,是革命先烈用鲜血换来的。他想:我要用音乐,歌颂这一切!

施光南翻开《革命烈士诗抄》,看了一遍又一遍。他给母亲回信,把想给《革命烈士诗抄》谱曲的想法告诉了母亲。

从此,施光南利用课余时间,从"诗抄"中选了六首诗进行谱曲创作,分别是:邓中夏的《过洞庭》,瞿秋白的《赤潮曲》,叶挺的《囚歌》,彭湃的《田仔骂田公》,杨超的《就义诗》,

刘绍南的《壮烈歌》。这六首诗，从不同角度诉说了革命时期的艰难与困苦，也反映出革命烈士坚持理想、奋不顾身的斗争精神。

后来，学校发现施光南有着极高的音乐天赋，作曲能力特别突出，便安排他去北京中央音乐学院，跟苏夏教授学习作曲。此前，施光南就最喜欢听苏教授讲课，他觉得苏教授不仅博学多才，课也讲得生动有趣，并且对中外经典音乐作品都有研究，现在能够获得这样的学习机会，施光南求之不得。

在苏夏教授眼里，施光南同样是他喜爱的学生，他这样评价施光南：

> 这时，光南的钢琴水平足以弹自己写的作品了，他是个有礼貌而刻苦学习的学生，每次来上课都准备好作业，乐谱抄得很清楚，上课时针对老师的讲话都做详细的笔记。到我作曲班前，光南已写出了在群众中广为传唱的《五好红花寄回家》，正开始写声乐套曲《革命烈士诗抄》。不少作曲系的学生不重视歌曲写作，特别是群众歌

曲,自己写的歌即使看着歌谱也唱不流利,但光南很会唱歌,自己写的歌能一首首地背唱给我听,表情惟妙惟肖。

在此期间,施光南佳作频出,创作了小提琴独奏曲《瑞丽江边》、小提琴协奏曲《控诉》等,但《革命烈士诗抄》套曲的创作陷入了瓶颈,他只好向苏夏教授请教。

苏教授对他说:"这个题材很有意义,这六首诗也具有代表性,但一定要考虑好这部声乐套曲的结构。"

施光南说:"我准备从内容上切入,重点展现烈士生涯的几个重要方面。"

"方向是对的,但还不够细。不能做简单的内容拼凑,要注重整体性,把握好套曲的序曲、高潮和尾声。"苏教授递给施光南一份资料,"这是舒伯特和舒曼关于套曲的资料,你拿回去看看,可以借鉴。"

通过进一步学习,施光南获益匪浅,创作思路更加清晰。

捐赠

当时,正值"三年困难时期",却是施光南创作的高峰期,尤其是刚刚开启的《革命烈士诗抄》套曲的创作,更可谓箭在弦上,尽管面临诸多不利因素,但创作不能中断。

施光南在仔细研究了苏教授给的资料后,灵感像泉水般涌来,脑海中形成了套曲的大体结构。他有个习惯,一旦有了创作灵感,不管是白天还是黑夜,提起笔来就写。因此,他几乎是天天熬夜。

有一次,施光南的姐姐来北京出差,抽出时间回家探望家人,施光南从房间跑出来,跟姐姐打完招呼,就又跑回屋里。姐姐很不解:"你这家伙，在屋里搞什么名堂？"她轻轻地推开门一看，看见施光南坐在书桌前，正在埋头搞创作。

下午，姐姐外出办事，很晚才回家，见弟弟还坐在那里创作，就心疼地说："光南，休息一会儿吧，别累坏了身子。"

"姐，我写完这段就休息。"

"姐给你买了巧克力，快吃一块。"

"巧克力！"施光南放下笔，掰下一小块放进嘴里，"真甜！谢谢姐。"

"搞创作，营养要跟上才行，看你瘦的，身体累垮了还怎么写曲子！"姐姐眼眶微红。

"嘿嘿，我身板强着呢！姐，你吃一块，可甜了。"施光南掰下一大块巧克力，递给姐姐。

父亲回家看到巧克力，得知是姐姐买给施光南吃的，就训斥姐姐："怎么买这么贵的东西！我从小教导你们要勤俭节约，都抛到脑后了？"

施光南说："爸，你不要责怪姐姐了。以后我们不买这么贵的东西了。"

父亲说："现在日子很困难，千万不要再做这种铺张浪费的事了。"

父亲出去后，母亲拿出账本给施光南和姐姐看。施光南这才知道，父母省吃俭用，省下的钱都捐出去了：家乡办学校捐款两千元；河北水灾捐款两千元……

这一行行数字，像一串串跳跃的音符，震撼着他的心灵。他看着房间里的旧钢琴，思绪万千——那是父亲攒了几个月的工资为他买的。施光南告诉自己，要向父母学习，努力创作，为社会多做贡献。

一九六一年，施光南终于完成《革命烈士诗抄》套曲的创作。

作品一经发布，就在社会上引起了强烈的反响。音乐出版社找到施光南，想要出版这部套曲。他欣然同意，并说了一句让人摸不着头脑的话："其实，我'出版'的第一部作品，是团小组帮忙出的。"

尽管毕业多年，但施光南依然没有忘记当时同学们对自己的帮助。

《革命烈士诗抄（声乐套曲）》出版后，施光南拿着两本崭新的书送给父母："爸、妈，我的作品出版了！"

"祝贺你！"父亲说，"不过，可千万不要骄傲，要再接再厉，创作出更优秀的作品，报效祖国！"

"我记住了！"施光南说，"创作时，苏教授和学校的老师、同学们给了我很多帮助，我想用这次稿费，买一台电唱机捐赠给学校，报答老师对我的培育之恩，可以吗？"

母亲说："当然可以！你能有这种感恩之心，我们为你感到骄傲！"

父亲说："光南，我支持你！要记住，一个人要常怀感恩之心。"

临近毕业，施光南创作的《协奏曲》在师生中获得了很高的评价。苏夏教授说：

这部作品表现了当代青年人的生活与向往，有浓郁的民族风格，华丽而流畅的旋律曲调，丰富的和声与复调，严谨的曲式结构。

后来，天津代表团带着施光南部分作品参加

"全国音乐创作座谈会",时任中国音乐家协会主席的吕骥先生这样评价:

> 一个时代的作者有一个时代的风格、精神、音调,同样是年轻人,聂耳死时是二十三岁,现在天津的施光南也是二十三岁。聂耳当时处在水深火热的年代,他的作品反映了那个时代青年的觉醒、悲壮的战斗气息;施光南生活在今天,他的作品体现了一代人乐观、健康向上和充满阳光的时代气息。

这是对施光南的高度评价,是对他创作的认可。

《打起手鼓唱起歌》

这一年，河北出现了严重的旱情，学校组织师生去当地抗旱，有一些学生从小学音乐，家庭条件优越，觉得自己吃不了这个苦，心里打起了退堂鼓。

施光南对他们说："祖国培养了我们，现在遇到灾情，是我们做出回报的时候了。"

这番话激励了同学们，他们最终全部赶到河北昌黎，支援抗旱。

抗旱期间，为了不使课程落下太多，校方想了一个办法——把民间音乐这门课程搬到当地，就地取材，并请昌黎的民歌演唱家曹玉俭老先生为大家演唱民歌。

这是一门非常重要的必修课,课程要求学生们听完演唱后,记下谱子。可是当地条件简陋,民歌大多是口口相传,缺少理论支撑体系。面对很多细节,尽管学生们反复修改,但整理出的谱子还是一团糟。

同学们只好请曹老先生再唱一遍,可是连唱了几遍,一遍一种唱法,听得大家云里雾里的,急得抓耳挠腮。只有施光南面色平静,本子上也是干干净净。

有同学问他:"光南,你怎么不记谱子?"

"我都记下了。"

"记在哪儿了?"

"脑子里。"说着,施光南就把听到的民歌唱了出来,大家都很惊讶。施光南说:"民歌变化多,演唱方式也有差别,只要用心听,就能摸准其中的规律、特点。"说完,他又唱了一首,大家拍手称赞。

"我刚才唱的,是按照曲子即兴发挥的,因为你们没有记住,所以没有发现问题。"经他这么一说,大家才恍然大悟。施光南用这种方式,把自己的经验传授给大家,给同学们上了一课。

毕业后,施光南被分配到天津歌舞剧院创作室,任创作员。

一九七〇年冬天,施光南接到父亲病危的消息,火速回到北京。父亲躺在病床上,身体动不了,话也说不出,当天夜里就离开了人世。施光南悲痛欲绝。

母亲告诉他,父亲一直挂念着他还没有成家。施光南深感愧疚,但父亲走后,他更没有心情谈恋爱了。他觉得有音乐陪伴自己,人生并不孤单。

一年后的一天,母亲问他:"现在谈对象了吗?"

施光南说:"没碰到合适的。"

母亲知道施光南在搪塞她,心想,这事不能再拖下去了,便托人给他介绍了一位姑娘,叫洪如丁,刚大学毕业,被分配在天津的钢厂工作,人长得好看,又有文化。

洪如丁听说要介绍给她一个三十岁出头的男人,心里有些抵触,不想去见面。母亲劝她:"施光南为人忠厚,长得也好,因为心思都放在音乐上，才耽误了成家。你去见见吧。"

"搞音乐的？"

"他在音乐上是很有成就的，那首《五好红花寄回家》你不是经常唱吗？"

"这首歌是他写的？原来他这么有才华啊！"洪如丁决定去见一见这个作曲家。

两人初次见面，彼此都留下了很好的印象。不久，洪如丁鼓起勇气，向施光南发出了约会的邀请。

洪如丁在约会地点等施光南，约好的时间过去了半小时，她才看到施光南飞快地蹬着自行车，从拐角处蹿了出来，嘴里还哼着曲子。

洪如丁很不高兴，刚要质问他为什么迟到，施光南自己先开口了："对不起！我在家写曲子，没注意到时间……"

也许是为了表达歉意，他约洪如丁下次一起去剧院看演出："有我的作品，我请你去看吧。"洪如丁答应下来。

后来，施光南坐在钢琴前，为洪如丁弹奏新写的歌《最美的赞歌献给党》，优美的旋律从指尖流淌,回荡在那个充满阳光的午后,一切是那样美好。

洪如丁说:"真好听,有点朝鲜族歌曲的味道。"

施光南喜出望外:"你也很懂音乐啊!我正是用了许多朝鲜族民歌的元素!"

两人的感情迅速升温,由于工作的缘故,施光南经常出差,两人就通过书信交流。一天,洪如丁看着收到的几封信发呆,信的内容无一例外,全是与工作相关的事情,没有一句甜蜜的话语。她叹了口气:"唉!真是个木头疙瘩。"

一九七二年,施光南与洪如丁步入了婚姻殿堂。

两人生活很甜蜜。有一天,施光南在秘密"谋划"一件事:洪如丁的生日快到了,他想为妻子准备一份特别的生日礼物。准备什么礼物呢?这时,他从电台里听到一段欢快的旋律,是新疆手鼓。施光南顿时灵感迸发,立刻创作出一首曲子,寄给在天津的词作家韩伟,请他填词。

韩伟读了曲谱，被深深地吸引住了，立刻填好词寄给施光南。

洪如丁生日这天，一回到家，施光南就说："我要送你一个特别的礼物！"

洪如丁伸出双手："好啊，在哪里？"

施光南转身坐到钢琴前，弹奏起来。洪如丁非常高兴，原来这个特别的礼物，是一首曲子。节奏轻快、活泼，有着浓浓的新疆维吾尔族风味……琴声伴奏，施光南深情地唱了起来：

打起手鼓唱起歌，

我骑着马儿翻山坡。

千里牧场牛羊壮，

丰收的庄稼闪金波。

我的手鼓纵情唱，

欢乐的歌声震山河。

草原盛开幸福花，

花开千万朵。

唻唻唻唻……

洪如丁听完后,给了施光南一个大大的拥抱:"太好听了!"

"这就是我为你准备的生日礼物。"

"歌名想好了吗?"

"想好了,叫《打起手鼓唱起歌》。"

洪如丁很感动,她没有想到,自己眼中的"木头疙瘩",居然如此浪漫。

《打起手鼓唱起歌》通过广播电台播出后,引起强烈的反响,很快就在人们口中传唱开了。那时候,天津歌舞剧院还没有专门的歌手来演唱这首歌。于是,施光南找到韩伟问:"天津有没有适合唱这首歌的演员?"

韩伟说:"我听说市机电局宣传队里有个叫关牧村的女孩唱这首歌非常好听。"

施光南听后,拉起韩伟就往外走,语气急切:"我们现在就去找她。"

两人来到了市机电局,找到了关牧村。这个穿着工作服、形象质朴的女孩,看上去与普通的工人没什么两样。但当她一开口,浑厚的嗓音立刻就打动了施光南。他心想,这不正是自己寻找的女中音嘛!

"你唱一首歌吧!想唱什么歌?"施光南问她。

"就唱《打起手鼓唱起歌》吧。"关牧村说。

一曲唱罢,施光南说:"太好了!我就喜欢你这种女中音。我有好多歌,你愿不愿意唱?"

关牧村受宠若惊,激动地说:"我愿意唱!"

施光南根据关牧村的音域、音色特点和演唱的风格,先后创作了《吐鲁番的葡萄熟了》《月光下的凤尾竹》等力作。关牧村在施光南的指导下,一步步走向歌唱事业的巅峰,她曾不止一次在公开场合说:"没有施老师,就没有我关牧村的今天。"

后来,洪如丁说:"正因为有了光南,关牧村才能演唱这么多好听的歌;也正因为有了关牧村,光南创作的歌曲才能得到这么好的表达,而为更多的人所熟悉与热爱。"

《在希望的田野上》

"文化大革命"期间,施光南与韩伟下乡劳动,无法进行创作,但他在劳动的间隙,积累了不少创作素材。

有一天晚上,两人坐在简陋的农舍里,周遭十分冷清。

施光南对韩伟说:"我上中学时读到屈原,那时就被他百折不挠的精神所吸引,从此有了创作《屈原》歌剧的念头。我想邀请你与我一起创作,如何?"

韩伟说:"好啊,现在我们的处境,也比较符合创作这部歌剧所需要的心境。"

遗憾的是,因为环境的限制,创作没能进行

下去。妻子生产时,施光南也无法回到北京,好在母女平安,得到消息后他才松了一口气。

施光南的创作暂时中断,直到一九七四年冬天,山东省京剧团找到施光南,请他去团里设计京剧的音乐和唱腔。

施光南很高兴,他终于可以在音乐的道路上再次起航。怀着激动的心情,他简单收拾一下就出发了。

山东省京剧团的工作人员听说施光南要来团里指导,早早就出门等候,都迫不及待地想要一睹这位作曲家的真容。

当施光南站在眼前时,他们才回过神来:"瞧,大作曲家看上去和普通人也没什么两样嘛!"

还有人小声说:"他什么材料都没带来,怎么指导我们?"

通过进一步接触,大家终于发现了施光南的过人之处,他设计的唱腔紧贴主题风格,将传统京剧的艺术手法运用得灵活自如。为了将京剧文化与当地的审美习惯更好地结合,施光南经过认真调研，对京剧唱腔做出了相应调整。而这一切，都只是靠他随身携带的一支笔完成的。

"果然非同凡响，他把资料都记在脑子里！"一起工作的同事惊呼。

一九七七年，中央民族乐团向施光南伸出橄榄枝，将他调回北京。也许是因为与家人团聚的喜悦，也许是因为长久思念的宣泄，这段时间成为施光南创作的高峰期。

第二年，施光南收到一份有趣的歌词，是词作家瞿琮写的《吐鲁番的葡萄熟了》。歌词讲述了阿娜尔罕为等心上人凯旋，亲手种下了一棵葡萄树的故事，随着葡萄树的成长，阿娜尔罕对心上人的感情升华。这是一首具有少数民族风格的地地道道的情歌。

施光南在创作爱情类歌曲时，秉持着这样的理念：充分表现爱情的纯洁、真诚。他说："我对爱情歌曲，是抱着虔诚的心情来写的。我反感某些时尚的'爱情歌曲'，或歇斯底里，或轻浮妖冶等情调，我不仅从来不挑那种'爱得死去活来'之类的歌词，也绝不写那种甜得发腻、矫揉造作的音调。"

《吐鲁番的葡萄熟了》这首歌曲中没有一字提到"爱",却处处透露着真情:

> 克里木参军去到边哨,
> 临行时种下了一棵葡萄。
> 果园的姑娘哦阿娜尔罕哟,
> 精心培育这绿色的小苗。
> 啊!引来了雪水把它浇灌,
> 搭起那藤架让阳光照耀。
> 葡萄根儿扎根在沃土,
> 长长蔓儿在心头缠绕,
> 长长的蔓儿在心头缠绕。
> 葡萄园几度春风秋雨,
> 小苗儿已长得又壮又高。
> 当枝头结满了果实的时候,
> 传来克里木立功的喜报。
> 啊!姑娘啊遥望着雪山哨卡,
> 捎去了一串串甜美的葡萄。
> 吐鲁番的葡萄熟了,

阿娜尔罕的心儿醉了,

阿娜尔罕的心儿醉了。

吐鲁番的葡萄熟了,

阿娜尔罕的心儿醉了,

阿娜尔罕的心儿醉了,心儿醉了。

施光南利用新颖的创作手法,把青年恋人之间的小爱,化成对祖国的大爱。

他在表现手法上,吸收了许多民族音乐的风格,做到了既保留民族音乐的特点,让人心生共鸣,又融入自己的想法和艺术语言,让人听后既感觉似曾相识,又觉得耳目一新。

比如《吐鲁番的葡萄熟了》曲中的前奏,是新疆维吾尔族歌舞的表演形式给了他创作上的灵感,通过新疆手鼓的鼓点节奏,既将人们的思绪带到了广袤的边疆,又将阿娜尔罕内心感情的起伏表现得入木三分。

同样的表现手法还出现在具有傣族音乐风格的《月光下的凤尾竹》中。他特别采用了具有鲜明民族特色的乐器——巴乌。这种簧管乐器音域窄，音量小，但声色优雅，奏起时音色柔美悦耳，低回婉转，像极了一对恋人在月下互诉心语，低诉衷情。巴乌的运用能够很好地表现出月色朦胧、凤尾竹摇曳的情景：

> 月光啊下面的凤尾竹哟，
> 轻柔啊美丽像绿色的雾哟。
> 竹楼里的好姑娘，
> 光彩夺目像夜明珠。
> 听啊，
> 多少深情的葫芦笙，
> 对你倾诉着心中的爱慕。
> 哎——
> 金孔雀般的好姑娘，
> 为什么不打开哎你的窗户？
> 月光啊下面的凤尾竹哟，
> 轻柔啊美丽像绿色的雾。
> 竹楼里的好姑娘，
> 歌声啊甜润像果子露。
> 喂

痴情的小伙子,

野藤莫缠槟榔树。

姑娘啊,

她的心已经属于人,

金孔雀要配金马鹿。

月光啊下面的凤尾竹哟,

轻柔啊美丽像绿色的雾哟。

竹楼里的好姑娘,

为谁敞门又开窗户?

是农科站的小崖鹏,

摘走这颗夜明珠。

哎——

金孔雀跟着金马鹿,

一起走向那绿色的雾。

哎——哎……

《月光下的凤尾竹》以悠扬的曲调,向人们娓娓诉说着傣族青年男女美好纯洁的情感。

到这时,施光南已经创作了近千首歌曲,但是仅仅公开发表了二百余首。

一天,施光南接到《歌曲》杂志编辑部的电话,说有一首歌词《在希望的田野上》,是年轻的词作家陈晓光写的,想请他为这首歌词谱曲。施光南在通话中就把歌词全部记了下来,觉得写得很好,就答应了下来。

他提笔给陈晓光写了一封信,信中说明自己的创作理念:

"为您的《在希望的田野上》作曲时,我给自己提出了两条要求。第一,力求做到'雅俗共赏'。第二,要努力体现民族风格和时代精神。我以为写八十年代的农村歌曲,既不能拘泥于《信天游》《小放牛》那种历史上的乡土气息,又不能完全搞成《乡间小路》式的校园歌曲。要在创作中找出能够反映社会主义新农村、新农民的节奏和旋律。"

当时的农村,伴随着改革开放的春风,已经大变样了。施光南的构想也紧跟时代的步伐,他准备创作一首积极向上、充满朝气的歌曲。大方向确定之后,他定下了领唱加合唱的演唱方式,吸取了许多民族风格音乐的特点,并将其融合、统一，这样创作出的曲子宏伟而有力，既具有鲜明的民族特色，又表现出了祖国人民的时代精神和风貌，面对未来，充满了力量，饱含着希望。

在把握"雅俗共赏"的前提下，施光南这样总结：

"针对这些不同的素材，在创作时，要按照原有主题发展的自然逻辑，凭着过去的积累，根据细致的感觉，进行吸收、融会。这样，歌曲就形成了一个总体的风格，兼收各地民间音乐的一些特色。这种在民间音乐基础上变化而来的新旋律，能够更好地表现《在希望的田野上》这种比较宽泛的内容。"

我们的家乡，
在希望的田野上。
炊烟在新建的住房上飘荡，
小河在美丽的村庄旁流淌。
一片冬麦那个一片高粱，
十里哟荷塘，十里果香。
哎咳哟嗬呀儿咿儿哟——

嘿！我们世世代代在这田野上生活，

为她富裕，为她兴旺。

我们的理想，

在希望的田野上，

禾苗在农民的汗水里抽穗，

牛羊在牧人的笛声中成长。

西村纺花那个东港撒网，

北疆哟播种南国打场。

哎咳哟嗬呀儿咿儿哟——

嘿！我们世世代代在这田野上劳动，

为她打扮，为她梳妆。

我们的未来，

在希望的田野上，

人们在明媚的阳光下生活，

生活在人们的劳动中变样。

老人们举杯那个孩子们欢笑，

小伙儿哟弹琴姑娘歌唱。

哎咳哟嗬呀儿咿儿哟——

嘿！我们世世代代在这田野上奋斗，

为她幸福，为她增光。

为她幸福，为她增光。

创作完成后，陈晓光激动地握住施光南的手："谢谢施老师，这首曲子太棒了！不仅和歌词相得益彰，还将词意升华到了更高的高度。"

施光南说："要说感谢的话，也是我感谢你，是你写了一首好歌词，我才能创作出这首曲子。"

《在希望的田野上》饱含了施光南和陈晓光对祖国的深厚情感，在一九八二年中央电视台春晚（未直播）上获得巨大成功，并迅速唱响祖国大地。

《在希望的田野上》是一首歌唱祖国繁荣富强的歌，也是一首歌唱人民美好生活的歌。歌声见证了改革开放带给家乡的巨变，传递了人民心中美好的希望和对未来的憧憬。

作为改革开放初期的经典歌曲，《在希望的田野上》不仅入选了"二十世纪华人音乐经典"，还被联合国教科文组织选为"亚太地区音乐教材"曲目。二〇〇七年十月，《在希望的田野上》作为"嫦娥一号"月球探测卫星搭载歌曲，被送上了太空播放。

二〇一四年十月二十四日,我国探月飞行试验器发射成功,其中搭载的"中国梦音乐芯片",存储了数十位国内顶尖艺术家的作品,其中就有《在希望的田野上》。在飞行试验器长达八天的旅程中,中国音乐家的激情与梦想,一路飞翔在浩瀚太空,进行了一场意义非凡的探月之旅。

"种豆芽"的作曲家

由于工作的原因,施光南经常出国访问、交流。回来后,众人围着他,让他讲讲在国外的所见所闻,说说外面的世界有多精彩。

施光南说:"看来看去,还是我们的祖国好。"

那时,正值"出国潮",大批音乐人才流失到海外。他的妻子洪如丁从小在新加坡长大,因此,总有人明里暗里劝施光南:"光南,你就没想过去新加坡发展?"

施光南说:"我的根在中国。这里的生活虽然艰苦了一点儿,但我能为十一亿人写歌,我感到自豪。"

听到施光南这样说,再也没人敢劝他了。

当时,施光南一家住在一套紧凑的单元房里,家中最值钱的物件就是父亲留给他的旧钢琴。尽管生活清贫,但施光南从未想过出国发展,甚至连收学生也是无偿指导,从不收费。

他善于发现有特点、有前途的青年歌手,发掘过不少歌坛新秀。后来,他的学生中有许多都成了有名的歌唱家,比如关牧村、佟铁鑫等人。

佟铁鑫跟随施光南学习时,看到老师家中条件不好,带学生又不要报酬,他觉得过意不去,就趁着从东北老家回来时,带了几斤大米,送给施光南,以此感谢老师对自己的指导。没想到施光南却对他说:"铁鑫,大米多少钱?下次见面的时候,我把钱给你。"

他那良好的师德和高尚的品格,让众多学生心生敬佩。

日常生活中,许多细节都能体现施光南的优秀品格。那时,妻子洪如丁在一家合资公司上班,平时工作紧张劳累,施光南心疼妻子,就主动承担家务活儿。

有一次,施光南骑着自行车去粮店买大米,

把五十斤大米绑在自行车后架上，一边骑车，一边在脑子里构思作品。回到家后才发现，自行车后架上的大米不见了，不知丢在哪里了。施光南便和妻子一起原路返回，寻找大米，找了半天也没找到，两人只好返回家中。

几天后，施光南看见电线杆上贴了一张失物招领启事，说是捡到了一袋大米。他和妻子找到了捡到大米的人。

那人问："丢的米有多少斤？"

施光南说："五十斤。"

那人追问："上午丢的还是下午丢的？"

"下午丢的。"

"我是上午捡到的。"

施光南无奈地摇了摇头："那就不是我的，我上午还在家里写曲子呢。"

说完，他牵着洪如丁的手，转身就走。

这时，捡到大米的人笑着说："回来，我就想试探一下你们。你说的没错，米是我下午捡的，这米是你们的。你们真是实诚人。"

施光南笑了，连声称谢。

中华先锋人物故事汇　施光南

除了大米的故事，施光南还有一个关于豆芽的故事。

有一天，施光南作为中日友好医院院歌的曲作者，应邀出席医院的落成庆典。席间乐声悠扬，舞池里人头攒动，施光南却独自一人坐在角落里，词作家凯传悄然走到他身边："喂，伙计，干什么呢？"

陷入沉思中的施光南，还没看到问话的是谁，便脱口而出："种豆芽菜哩。"

凯传听后心里一震——把音符比喻成豆芽，把作曲家比喻成辛勤的农民，在乐谱纸上写音符，可不就是"种豆芽菜"嘛！多么形象的比喻！

《多情的土地》

洪如丁的职业是工程师,虽然从事的工作与文艺丝毫不搭边,但她却热爱艺术,尤其在音乐方面,有着很高的鉴赏能力。洪如丁是施光南的第一位听众,施光南的许多作品,洪如丁都会第一个听,而且听后还能提出一些良好的建议。在施光南眼里,她不仅是家人,更是自己的知音。

洪如丁属狗,得知自己的丈夫与画家韩美林先生是朋友后,便让他向韩美林要一幅关于小狗的画作。施光南本身是从事文艺工作的,他深知文艺创作背后的辛苦,因此,即使认识许多画家朋友,他在此之前也从未向他们索要过作品。但这是妻子提出的请求,他时刻放在心上。

有一天,施光南找到韩美林,说是为爱人的心意而来。韩美林听后哈哈一笑,画了一幅小狗送给他,作为与施光南夫妇友谊的见证。

有一次,施光南去上海出差,为芭蕾舞剧《白蛇传》配乐,妻子让他帮忙买一件罩衫回来,还说女儿蕾蕾上学需要一套体操服,有时间的话去找找看,有没有合适的。

这次出差时间紧,任务重,施光南把每天的时间都安排得满满当当的,但妻子的委托他不会忘记,一有时间就跑去南京路,选购罩衫和体操服。可是转来转去,女儿的体操服倒是买到了,合适的罩衫却寻不见,好不容易找到想要的样式,但是商品早已售罄,只剩一件展示品了……

在外工作,施光南思念家中的老母亲和妻女,便把工作中的趣事写在信中寄给家人,分享在上海的见闻。信中还不忘向妻子交代自己是如何安排好时间,忙里偷闲去挑选衣服的:

"在有限的几次空隙中,替蕾蕾买到了体操服和裤子。阿丁要的罩衫,我在南京路一家服装店的橱窗里看到了,的确好看,但除了展品外,全卖光了，我怎么说售货员也不肯卖展品，我只有在离沪前再到淮海路碰碰运气……"

还有一次，施光南去广州参加一场音乐会，途中经过一家华侨农场，各种各样的水果摆放在架子上，看上去色泽诱人，新鲜极了。他一眼就看到了妻子爱吃的菠萝和柠檬，便仔细挑选，买了一大包。

同行的朋友不解地问他："这些水果，在北京不是也能买到吗？"

施光南说："这里买的新鲜。"

"回北京路途遥远，你拿这么多水果不嫌累？"

"累点怕啥？只要阿丁喜欢就好。"

妻子因为工作需要，要去美国一年。在机场，施光南塞给她一盘磁带："这里面录的是我最近写的一首歌，你在国外想家时，可以拿出来听一听。"

有一天下班后，思念像潮水一般涌上心头，洪如丁想家了，看着出发前丈夫塞给自己的磁带，便拿出来放。听着听着，她鼻头一酸，眼眶

红了,原来是任志萍作词、施光南作曲的《多情的土地》,音乐饱含深情,蕴含了对祖国大地深切的情感:

我深深地爱着你,
这片多情的土地。
我踏过的路径上,
阵阵花香鸟语。
我耕耘过的田野上,
一层层金黄翠绿,
我怎能离开这河汊山脊,
这河汊山脊。
啊……啊……
我拥抱村口的百岁洋槐,
仿佛拥抱妈妈的身躯。
我深深地爱着你,
这片多情的土地。
我时时都吸吮着大地母亲的乳汁,
我天天都接受着你的疼爱情意。
我轻轻地走过这山路小溪,

这山路小溪。

啊……啊……

我捧起黝黑的家乡泥土,

仿佛捧起理想和希冀。

我深深地爱着你,

这片多情的土地,

多情的土地,

土地,土地……

不久,在一次留学生聚会上,大家都说想念祖国,想念家人。洪如丁说:"我有一首歌,放给大家听听。"

当众人听到"我深深地爱着你,这片多情的土地……"时,大家再也无法控制情绪,思念的泪水无声地流淌。

这片多情的土地,载满了施光南的爱;这片深情的土地,寄托了许许多多海外游子的思念。这首歌很快在留学生的口中传唱开来……

在洪如丁眼里,唯一美中不足的是,身为作曲家的丈夫,多年以来,只能使用一台老旧的

"砖头式"录音机。她想为丈夫买一台更好的音响设备。这个心愿，依靠当时的工资很难完成。

去美国工作一年，她省吃俭用，终于攒下一笔钱，买了一套组合音响，当作礼物送给了施光南，为他的创作提供了帮助。

女儿蕾蕾是他们的心头肉，施光南对她疼爱有加，视为掌上明珠。可是，施光南却连女儿的家长会都没参加过几次。原因只有一个——忙于创作。

女儿还在上小学的时候，有一次刚放学，窗外就雷声阵阵，不一会儿下起了大雨。早上出门时天气还是好好的，蕾蕾没有带伞。眼看着同学们陆续被家人接走，蕾蕾与仅剩的几名同学，只好站在走廊里等雨停。大雨一直下，直到天黑才渐渐停歇。

蕾蕾一回到家，看见爸爸坐在书桌前，桌上摆满了凌乱的乐谱纸。她委屈地走到爸爸身边："爸，下大雨了，您为什么不去学校接我？"

这时，施光南的视线才离开乐谱纸，转头看向女儿："是吗？下过雨了？衣服淋湿了没？"

"我是等雨停了才回来的。"

"那好。爸爸以后会注意的。"话刚说完,他又把头埋进乐谱纸里。

一九八八年,是施光南创作最繁忙的时候,他没日没夜地工作,想把下乡劳动时失去的时间尽力补回来。可想起跟女儿的约定,他硬是挤出时间,陪女儿去海边的农场,钓鱼、摸虾、游泳……那一天,蕾蕾开心极了。

施光南不仅爱妻子和女儿,而且对母亲很孝顺。在家中,他每天起床后的第一件事,就是到母亲房中问候。母亲年纪大了,经常独自一人在家中,很少外出,为了丰富母亲的精神生活,施光南就搀扶着她去看画展,听音乐会。

母亲腿脚不方便,经常感到腰酸背痛,施光南就给她捶腿捶背,并把工作上的见闻、生活中的趣事讲给她听,把母亲照顾得无微不至。时间久了,他还自学了一套按摩手法,每天给母亲按摩。

在歌曲创作上,他也会把自己的想法告诉母亲,听听母亲的意见。母亲每次听完,都会认真地给出建议。施光南坐在钢琴前创作时，母亲就坐在门口，静静地看着，一点儿声响也不出，担心打扰到儿子。

一家人虽然依靠微薄的工资生活，日子过得紧巴巴的，但是子孝妻贤，家庭美满。

入党申请书

改革开放以后,文艺界开始出现一些不良风气,拜金主义盛行,一些低俗的、没有营养的歌曲流行起来。一些"流行歌星"开始"走穴"演出,拿着高额的"出场费",动辄几万块,多的能达到十几万。

《在希望的田野上》发表后,施光南收到三十元稿费,他拿出一半给词作者陈晓光。看着手中剩下的十五元钱,他开玩笑似的说:"才够买一张流行歌星音乐会的入场券。"

有人劝施光南,以他的音乐才能,写几首时兴的流行歌曲,或者也学学那些个流行歌星,去走穴演出,这样可以赚到钱,支撑自己创作。

施光南想都没想,直接拒绝了。他认为,就算当下反映主旋律的、传统的艺术歌曲没有市场,他也绝不允许自己在艺术上有丝毫的妥协和堕落。在《艺术家的情操与追求》一文中,他这样写道:

作者和演唱者自己在作品中,反映的情趣和格调,直接影响到听众,特别是对青年人,有潜移默化的作用。人们把我们尊称为"人类灵魂工程师",我们应该珍惜这个称号,要对自己有更严格的要求,时刻想到艺术创作不只是个人的事,要考虑对社会负责、对听众负责、对青年人负责……我们不是"卖艺",我们有责任用自己的音乐来提高听众的欣赏情趣。我们不能被某些暂时的剧场效果、口哨声所迷惑,受欢迎无疑会使人得到鼓舞,但有时喝彩并不一定意味着艺术上的成功。

我曾对一些歌唱演员说,宁肯少返场,也不要用"发嗲""发狂"之类的货色,换取廉价的掌声。艺术的价值,不能用票房收入来衡量,而真善美，却经得起时间的考验。要相信大多数群众，不忘用美的音乐来陶冶人们情操的神圣使命。……目前，"艺术商品化"之风对文艺界不无影响。某种捷径的确比较容易名利双收，这在客观上也助长了一些不太健康的追求和艺术上粗制滥造的作风。比如，有的部门把"掀动剧场"的能力，作为衡量演出水平的标准，有的人把作品和演唱，向什么"时髦风格"靠近，作为"开绿灯"的条件；为某些唱片的轻歌曲写伴奏，花不了多少时间，收入颇丰，而起码需半年到一年的心血才能完成的歌剧、交响乐，上演后作者却分文皆无。在这样的现状下，艺术家能不能经受诱惑、干扰，还要不要坚持高尚的审美观，是值得扪心自问的。

施光南满怀激情创作的歌剧《伤逝》，没有稿酬。当时他没有钱举办音乐会，许多作品未能发表，更不被人们熟知。这些未能发表的歌曲、歌剧，没有发挥出应有的社会价值，就被封存了起来，这对于当时的人们来说，是一笔精神上的巨大损失，而对作曲家本身来说，更是深深的遗憾。

施光南曾自我解嘲："我的艺术养活不了我的艺术。"

一九八四年，团中央、中华全国青联派出慰问团赴云南、贵州慰问各族群众和边防部队，施光南担任慰问团的团长。出发前，为了更好地开展活动，加强思想工作，慰问团决定成立一个临时党支部，要求大家投票推选支部书记。

施光南在团里年龄最大，不仅博学多识，还有着很高的音乐成就，思想、品格上都很先进，团里成员都尊重他，于是全票推选他担任支部书记。

施光南尴尬地说："还是推选别的同志吧，我还不是党员。"

众人一脸惊愕，陈晓光更是瞪大了眼睛："你还不是党员？怎么会呢？是不是没写过申请？"

"现在不说这些了，你们推选吧。"施光南把脸转向一边，不再说话。其实，他很早就提交过入党申请书，也具备了一个合格党员的条件。可在递交申请书之后不久，一次音乐创作会议上，有人批评他的作品"背离了歌曲创作的根本方向和优秀传统"。面对非议和莫须有的指责，施光南认为凭着作品说话，不需要做多余的解释。可这些非议对他的入党造成了许多负面影响。

施光南虽然不是党员，但在慰问期间，他一直以共产党员的标准严格要求自己，并且以身作则。有一次，慰问团在与云南石林的撒尼青年联欢时，他举起火把，拉着身边团里的成员，一起加入载歌载舞的行列里，众人沉浸在欢乐之中，没有人注意到施光南尴尬的舞姿。

施光南虽然极具音乐才华，但是对于跳舞却是"门外汉"。此前洪如丁参加舞会，施光南不会跳舞，又正好赶在创作期间，不能参加，但为了支持妻子的爱好，他就打电话给同去参加舞会的陈晓光，语气恳切："请你多招呼一下如丁，多陪她跳一会儿舞吧。"

后来，陈晓光笑着说："能把光南拉下舞场的人，一定能力挽乾坤。"

联欢的第二天，施光南坐在车上揉腿，他告诉陈晓光，为了掩饰自己笨拙的舞步，他就像小孩子"跳房子"一样单腿蹦，累了就换条腿接着蹦，硬是蹦了半宿，落得个腰酸腿痛。

陈晓光听后，笑着说："不会跳舞在一旁观看也是惬意，为何一定要跳呢？"

施光南说："哪有不跳之理？我们是团中央和全国青联派来的慰问团，目的就是把友谊与欢乐送给边疆少数民族青年嘛。"

这样先进的思想觉悟，让团里的成员无不佩服。回到北京后，一九八四年七月二十四日，施光南光荣地成为一名中国共产党员，他在递交的入党申请书中深情地写道：

"……我申请加入中国共产党，希望自己能成为党的一名文艺尖兵。我要用自己的笔，尽力写出无愧于我们的祖国，无愧于我们的时代的作品。如果我的作品，能在人民火热的四化建设中，起到一些好的作用，能使青年人更加热爱我们的祖国，充满对未来的信心，加深对党的感情，则是我最大的欣慰。"

一九八五年，施光南当选为中国音乐家协会副主席，第二年当选为全国青联副主席。

《屈原》

"走自己的路,让作品说话。"这句话是施光南的座右铭,他诠释道:

> 这些年来,在乐坛上有些人赶时髦,在创作方向上左摇右摆。我认为:一个艺术家应有自己明确的追求,不应为某些风向所左右。……今天在某种"向钱看"的风气的冲击下,我不愿让自己的作品沾上铜臭,绝对不为了暂时的"风头"而迎合低级趣味,同样要坚持"走自己的路"。
>
> 第二句话和第一句话是相关联的。我认为,判断一个人走什么样的道路,并不能只是听他说什么,而应主要看他的行动。对于作曲家来说,

则应该看他的创作实践。我力求走一条"雅俗共赏"的道路，使自己的作品既受群众欢迎，又不"媚俗"，既有艺术价值，又不"孤芳自赏"。这一切，我愿通过我的创作实践，接受群众和时间的检验。……把尽可能多的时间用于为人民贡献更多、更好的音乐作品。我的艺术观点，尽在我的音乐之中，这就是"用作品说话"的含意。

一九八九年底，施光南在全国青联常委会上说："……我总是对我们国家充满希望。要是我们的社会没有充满希望的人，我们的民族还有什么前途呢？"

施光南一直以高标准来要求自己，"流行音乐"盛行之时，依然坚持创作展现人民美好生活的音乐作品，不向市场妥协。

他在与同事们讨论时说道："我认为这只是暂时的现象，现在流行的，不一定代表时代。"

为此，他为自己定下了一个更高的要求：不仅要使自己的音乐作品为中国的听众所喜闻乐见，而且要使自己的作品走向世界，中国应该有自己的"莫扎特""贝多芬"。

那时,中国的剧院里总是演着《小二黑结婚》《白毛女》,要么就是《茶花女》《蝴蝶夫人》。施光南对音乐的热爱与痴迷,不仅仅局限在创作成百上千首的歌曲上,他心中还有着一个更宏伟的创作计划——写一部能够代表国家整体音乐水平的、能代表中华民族的经典歌剧,让世界人民看看。为了完成这个计划,施光南开始进行歌剧《屈原》的创作。他说:"我们这代人就应该肩负起这个重担……我们的民族要立于世界民族之林,我们的音乐艺术也要立于世界民族之林……"

施光南上大学时,在苏夏教授的指导下,创作了《革命烈士诗抄(声乐套曲)》,借鉴了不少国外经典歌剧的结构与形式,在这次创作过程中,施光南也学习、研究了许多外国的经典歌剧,比如莫扎特的《费加罗的婚礼》《魔笛》,威尔第的《茶花女》,柴可夫斯基的《黑桃皇后》等,这更加激起了他创作民族歌剧的愿望。

施光南创作《屈原》的历程是坎坷的,耗费

了大量的时间和精力,可在当时,没有剧院愿意承接《屈原》的演出。但施光南不管这些,开始着手歌剧音乐部分的创作。

妻子洪如丁认为,若是写出来的歌剧没有剧院愿意承接,不能在人民中流传,那么施光南的那些苦就白吃了,而且耗费时间与精力不说,作品还没有报酬。当时,国内流行"西北风"歌曲,她就劝施光南写"西北风"歌曲,又省力又赚钱。看到丈夫不为所动的样子,就故意激他:"是不是你写不出来?"

"我会写不出来?"施光南说完,立马坐在琴前,快速弹了几首"西北风"曲子,曲调粗犷、豪放,颇具韵味。"这样的曲子,我一天就能写十几首,但是我不想随波逐流,这种音乐没有长久的生命力,像昙花一现,而我要写一部能登上世界舞台的中国歌剧。"

洪如丁说:"就算你吃苦受累写出来了,剧院不愿接,还得自己去筹钱演出,你又能到哪里去筹那么多钱呢?再说以现在普通百姓对歌剧的认知,谁会来看?"

"歌剧能反映一个国家音乐的整体水平,现在没有人演没关系,我可以等,我可以留给后人演!"末了,他又强调了一句,"我就是要写《屈原》!"

施光南平日里待人接物宽厚有加,但是遇到关键问题时,他则坚持自己的观点,寸步不让,较起真儿来,有着十足的倔强。

除了对艺术性的坚持,还有一件事情是他创作的动力。一九六三年,施光南还是天津音乐学院里的一名学生,他把郭沫若的话剧《屈原》中的《雷电颂》一折改编成合唱形式,还通过自己的中学老同学,把自己改编的那一折戏连同一封信带给了同学的父亲郭沫若,信中详细讲述了自己的改编方案。后来,在收到的回信中,郭沫若表示热情支持,还评价说"改得不错",这件事情给了施光南极大的鼓励和信心。

身边的朋友听说施光南要创作《屈原》歌剧后,也来劝他"暂且不要去干这种费力不讨好的事",施光南则回应:"这是我喜欢干的事。我追求的是创作具有历史意义的作品。"

当然，也有人支持施光南。他的好友——一位著名书画家曾这样评价他："光南就是个有屈原之风的人。"

几年前，施光南就对歌剧《屈原》的音乐创作有了总体的设想。他在给一位好朋友的信中写道：

因这是一部史诗性的大歌剧，采用交响性的写法，剧本已写成全唱型，是《鲍里斯·戈都诺夫》《伊戈尔王》式的歌剧，只有中央歌剧院才具备演此剧的条件。虽是古装，我却不希望弄成戏曲味的，毛主席诗词是古诗词形式，也能用交响大合唱演出，话剧也能上演《屈原》《蔡文姬》，为什么所谓"西洋歌剧"形式不能演《屈原》？关键在创作。

我熟悉民间音乐，还曾为京剧《红云岗》和梆子《红灯记》设计过唱腔，我相信我写出的音乐不会是"洋腔洋调"，但又不是对旧戏曲的模仿，我力图运用民族的音乐素材与西洋发声法和西洋大歌剧形式结合。这也是未来中国歌剧发展的一条道路，是中国歌剧和世界歌剧舞台能够交流的途径。未必只有《白毛女》和《洪湖赤卫队》是中国歌剧的唯一形式。我的民间音乐素养，完全有能力按照《白毛女》和《洪湖赤卫队》那种格式，来进行歌剧音乐创作。但我认为，另一条道路也需要有人走，我国歌剧要发展，就应该有人进行探索，这另一条道路对民族音乐素养、西洋音乐素养两方面的要求都高，走起来困难也许更多，但做一个探索者是有意义的。只可惜，没有人对我的探索给予有力的支持。《屈原》搁浅了。

创作《屈原》歌剧的愿望早在一九七四年就在施光南心里扎根，他在一九七八年就完成了剧本的初稿，但当他把还未谱曲的初稿交给中央歌剧院时，就被婉言回绝了。

直到一九八四年夏天，《屈原》才迎来转机。中央歌剧院导演韩冰找到词作家韩伟，说中央歌剧院有意把《屈原》列入演出计划。

韩伟把这一振奋人心的消息告诉了施光南，他听后非常高兴,与韩伟一起商讨剧中角色的人选。

意见一经提出,就得到剧院的认同。这一次中央歌剧院有着很高的合作意向,希望经过双方对剧本的细心打磨,拿出一部精品来。

施光南与韩伟根据剧院的意见,同剧院导演、指挥、舞美设计师共同修改剧本,最终在一九八七年初定稿。

施光南为了尽快将《屈原》搬上舞台,开始了没日没夜的音乐创作。盛夏时,家中没有空调,室内温度高达三十六七度,稍有动作就汗流如注,创作环境非常艰苦。

施光南丝毫不受环境的影响,他脱掉上衣,光着膀子弹琴、抄谱子,汗水一滴一滴洒落在琴键上、乐谱纸上。几个月的时间,施光南整个人都瘦了一圈。但是,看到乐谱纸上密密麻麻的"豆芽菜",他心满意足地笑了。

施光南用了整整一年的时间,完成了剧中咏叹调等重点唱段的创作,紧接着,又用了一年的时间,把剧中的宣叙调也写完,还完成了大部分的配器。

《屈原》

请永远记住我的歌

大型歌剧《屈原》共有六幕,已经基本定型。其中主要的唱段有:第一幕的《橘颂》;第二幕的《众人皆醉我独醒》《怎不令人终日惶惶》;第三幕的《招魂》《山鬼之歌》;第四幕的《离骚》;第五幕的《夜空中银河低垂》;第六幕的《雷电颂》《离别的歌》。

从一九八八年春天开始,剧院就安排演员试唱了《离骚》《山鬼》《橘颂》等主要段落,这年秋天又陆续试唱了《招魂》《雷电颂》《离别的歌》和《烈火熊熊》等。

歌剧获得了专家们的高度肯定,他们认为施光南在《屈原》的创作上耗费了大量心血,而且颇有新意。

施光南在接受采访时这样说道:

一九八九年第三季度,《屈原》将在首都舞台上演,我虽然力图把这部歌剧写成高层次、有深度的史诗,但我目前还远远没有达到这个目标,我当竭尽全力在不断修改和加工中完善这部歌剧。中国歌剧的道路坎坷、艰辛,但总得有人去摸索、探路、开路。如果我能为我国歌剧的发展和繁荣摸索出点滴的经验,我也就心满意足了。

到了这个阶段,施光南的工作一是继续写还没有完成的配器,二是四处征求修改意见。在剧院安排的多次试唱和排练中,施光南虚心接受各方意见与建议,及时发现问题与不足,对歌剧的音乐部分又做了多次修改。

一九八九年底,剧本和音乐才基本定型。施光南想举办一次《屈原》歌剧的清唱音乐会,来看看《屈原》的音乐部分是否能经得住行家们的检验。

为了能听取更多音乐界人士的意见，施光南和韩伟一起，冒着北京的风沙，蹬着自行车，逐一去拜访音乐界的老前辈送请帖，盛情邀请他们出席《屈原》的清唱音乐会，多提宝贵意见。

第二年春天，三月十七日，《屈原》歌剧清唱音乐会在北京民族文化宫礼堂拉开帷幕。音乐会由指挥家郑小瑛指挥，饰演屈原、婵娟、南后、山鬼、招魂老人、宋玉及仆夫等剧中人物的歌唱家演唱主要唱段，中国歌剧院的交响乐队参演。

音乐会获得了成功，施光南稍稍松了一口气："我做了多年的《屈原》之梦，今天已经实现了一半……"

施光南要去巴基斯坦参加一个国际音乐交流活动，时间正好与歌剧《屈原》的座谈会相冲突。于是，施光南趁着夜色写了一份题目为《屈原，我的一个梦》的书面发言——

各位来宾：

十分遗憾，由于国际航班的班次，我必须于

三月十九日乘机，飞往巴基斯坦进行友好访问，不能参加这个为歌剧《屈原》举行的座谈会了，只有在此向各位道歉。我一定在回国后，认真听取大家的发言录音，补上这一课。

歌剧《屈原》，是我孕育在心中多年的一个梦。我少年时期看到郭老的话剧剧本时，就被这部戏的宏大气势、绚丽色彩及剧中屈原、婵娟、南后等生动的人物形象所吸引。我一次也没有看到话剧的演出，但我经常根据见到的演出剧照，想象着我心中的场面，而我耳朵里听到的却是音乐和歌唱。我认定这是一部歌剧题材，而且下定决心要把它写成一部史诗般的歌剧。一九六三年，我决定把剧本中的《雷电颂》一折先改编出来，作为我的毕业作品，并给郭老写信，还在回信中受到了他热情的鼓励。但可惜，这个计划因故搁浅了。

我和韩伟又产生了把《屈原》搬上歌剧舞台的念头，并于一九七八年写出了剧本，可惜这部戏又没能列入各歌剧团的计划中去。时值鲁迅逝世一百周年，我和韩伟抓住这个机会，这才让用人较少的《伤逝》得以上演,这也是我的第一次歌剧创作实践。

感谢中央歌剧院的同志们,他们从一九八四年开始主动找我,表示了对这个创作计划的支持。后来又组织院内最有经验的专家,对我们每次剧本的修改,都进行了细致认真的讨论。就这样,剧本几易其稿,直至一九八七年初才算基本定稿。一九八七年后,随着音乐创作进程的开展,我先后组织了若干次试唱及音乐排练,使我在创作中,随时能听到其他人对我作品的评价及许多宝贵的意见。之后,音乐又经过了几次修改,终于在去年基本定型。现在,全剧音乐已完成,大家听到的这个选曲音乐会,是歌剧界,特别是中央歌剧院广大同志们心血的结晶。在当前歌剧乃至整个严肃音乐举步维艰的局面下,《屈原》终于以清唱音乐会的形式,迈出了它的第一步,这是多么不容易!我在创作过程中,深受我们歌剧界的战友们为了事业不屈不挠的奋斗精神鼓舞,是战友们的支持给了我力量。《屈原》的确是我们共同的作品,这是我的肺腑之言。

屈原是我们的民族之魂，郭老的这个剧本，是当代中国文学的一个高峰。要把屈原的精神、郭老的思想全部体现在音乐里，我自知力量不够，但我实在是太喜爱《屈原》这部作品了，我要尽力而为，总想为我们的歌剧舞台再多贡献一份力量。这部作品的创作周期较之《伤逝》要长得多，其中很多时间是花在积累和准备上。现在的这个样子，算是尽了我目前的能力了，我也因写这部作品而"瘦了一圈"。是该静下心来，根据立起来的作品再不断思考，修改完善了。希望朋友们留下宝贵的意见，我将在听取大家的意见后，经过一段时间消化和吸收，在有所感悟并且有新的创作冲动时，再对作品进行修改。

总之，在我有生之年，在我力所能及的情况下，我还要继续对其加工，尽量使其少些遗憾。原先我想把自己的创作想法写下来，使大家了解，但因近日忙于排练和出国前的准备，实在来不及写下来了。总之，请大家畅所欲言，把你们的第一感觉留下，可以帮助我检验我的设计及体现的效果。最后，再次向中央歌剧院及出席这次座谈会的前辈、专家和朋友们深深致谢!

我的梦只完成了一半,但愿在各方面的支持下,这部歌剧能早日搬上舞台!

次日,施光南乘飞机前往巴基斯坦。

在巴基斯坦交流访问的日子里,工作之余,施光南还为几年前构想的另一部名为《吉卜赛姑娘》的歌剧创作收集着素材。

他把此行所积累的素材工工整整地写在本子上,在参观当地的民间音乐活动时,不断对比、参考,完善自己的素材。

这一趟行程收获颇丰,《吉卜赛姑娘》歌剧也在他的脑海里具备了雏形。回家后的一天,天津歌舞剧院派人找到施光南,表示希望把《吉卜赛姑娘》尽快列入演出计划。

施光南说:"这件事我一直放在心上,这次去巴基斯坦,我又收集了一些新的素材。可现在《屈原》的活儿还没做完,正在往前赶呢。同时,我还要为《屈原》的上演筹钱。现在我的心思全在《屈原》上,暂时还顾不上《吉卜赛姑娘》。

我想等《屈原》完成后再着手《吉卜赛姑娘》的创作。"

双方约好，等施光南忙完这阵子，再商讨《吉卜赛姑娘》的相关事宜。紧接着，施光南联系了陈晓光，请他与自己一同为《屈原》的上演筹钱。

星期天，两人骑着自行车，奔波在北京的街头，一天下来，终于筹得三十万元。两人拖着疲惫的身躯，相视一笑，这下心里有底了。

过了没几天，一九九〇年四月十八日，天空阴沉沉的，飘着小雨。施光南一直坐在钢琴前修改《屈原》。洪如丁的上班时间要到了，他趁妻子不注意，偷偷把她的车钥匙藏了起来。直到妻子快要迟到时，他才不紧不慢地拿出钥匙，乐得哈哈大笑，觉得自己的恶作剧很成功。

妻子上班走后，他继续在琴前修改《屈原》。女儿蕾蕾放学回到家中，他还把她喊过来，教她唱自己刚改好的一段——剧中婵娟的唱段《离别的歌》。

唱着唱着，施光南的脸色变得很不好，歌声

也戛然而止，高高举起的右手停在半空中，久久未落下。他对女儿说："蕾蕾，我的手怎么了？快帮我揉……"话还没说完，他的身体就重重地倒向钢琴。

救护车赶到，施光南被送进协和医院的急救室进行抢救。诊断结果表明，施光南患有脑血管畸形，是严重的突发性脑溢血症。经过抢救，他虽然恢复了心跳，但是颅内大量积血压迫了脑神经，造成大脑死亡……

家人悲痛欲绝，但没有放弃对施光南的治疗，不停地在心里祈祷着奇迹的发生。然而，尽管医生尽力抢救，奇迹却还是没有发生。施光南只能靠仪器与药物维持心跳和呼吸。

朋友们来探望施光南，跟洪如丁提起，说施光南在工作时有好几次身体不适，让他去医院看看他又不肯，只是吃点药硬挺着，继续工作。

洪如丁说："我这才知道，他的病历上为什么几乎全是空白，只有治过牙病的记录。他心里只有音乐，根本不爱惜自己的身体，特别是最近这些年，他把全部心血都用在了歌剧《屈原》上了。现在说什么都太晚了……"

一天，陈晓光来到医院，看到躺在病床上的施光南，往事涌上心头。他想起他们在广州时，经过北回归线的塔碑。黄昏时分，夕阳西落，似火的晚霞挂在天边，景色很美。两人站在塔碑前，陈晓光的妻子为他们拍了一张照片。照片洗出后，施光南对陈晓光说："一座高塔，一团夕阳，一个光南。就命题为《最后的夕阳》吧。"

一九九〇年五月二日，施光南的心脏停止了跳动。亲人与朋友陷入无尽的悲伤中……

女儿蕾蕾含泪在爸爸的工作手册上写下：

"凌晨一时五分，爸爸走了。爸爸，你真的永远走了吗？你是外出写东西去了吧？等你回来那天，我会躲起来。待你进门时，我会突然跳出来，给你意想不到的喜悦。你知道吗？爸爸，我爱你，可我从来没有对你说过，我好后悔呀……"

直到逝世，施光南魂牵梦绕的《屈原》歌剧，仍未全本登上舞台，只举办过一次清唱音乐会。

施光南的中学好友伍绍祖，那时已担任国家

体委主任，为了好友的心血之作早日公演，他四处奔走，终于获得了一家公司的支持，出资二十万元作为歌剧《屈原》的启动资金，但是距离一百万元的预算相差甚远。

为了了却丈夫的夙愿，洪如丁无奈之下，想出一个不是办法的办法，决定拍卖施光南的部分作品，来筹集资金，将《屈原》搬上舞台。消息传出，她受到了许许多多的指责，甚至有人误会她的用意，尖锐的语言像刀子一样扎进她的心里。

最终拍卖没有成功，但是却传来好消息：政府解决了《屈原》上演的经费问题！

一九九八年七月十日，大型历史歌剧《屈原》由总政歌舞团、武警文工团和中国广播合唱团联合搬上北京国安大剧院……

正如《离别的歌》中所唱：

我要走了，
请别难过，
请永远记住我的歌。
……

二〇一八年十二月十八日,党中央、国务院授予施光南"改革先锋"称号,颁授其改革先锋奖章,并评价他为"谱写改革开放赞歌的音乐家"。

蕾蕾在一篇回忆父亲的文章中写道:

爸爸有个习惯,就是嘴里不停地哼哼曲子。在家创作时,骑车出门时,他脑子里总是不停地想着他的创作。每次和爸爸一起出门坐公交车时,他只要灵感来了,就会旁若无人地小声试唱他脑子里的种种构思,弄得满车的人都怪怪地朝他看。我在成长意识特别强的那个时期,曾经向爸爸提出抗议,因为那时看到路人好奇审视的目光,我总替爸爸感到难堪,可是,他自己从来就没有在意过路人的目光和打量。多年以后我才明白,正是爸爸对音乐的投入,才使他能在事业上取得成功。很多脍炙人口的作品,就是在爸爸一路哼着的作品中诞生的。

爸爸不管在做什么事情,思维总是随时会跳

跃回到他的音乐之中。有时在家里看电视,看到演员唱歌,或听到电视剧的插曲,爸爸会突然从躺椅上跳到钢琴前,敲几个音符,测测某个演员的音域,想想谁适合唱他创作的什么类型的歌曲。

也许因为音乐才是他的语言,爸爸并不是一个很善于表达感情的人。他对我的爱都是从生活中一点一滴的细节中渗透出来的,现在想起爸爸,脑海中经常浮现的是生活中的平常片段,好像没有剪辑的电影胶片:爸爸带我去动物园看猴子;早晨拿着收音机叫我起床;带我去以前的东安市场排长队买奶油炸糕;在楼下院子里打羽毛球……

我上中学的时候,妈妈从来都是抱着由我个人兴趣决定学习什么的态度,我从小淘气,不肯吃苦学钢琴,他也从不勉强我。直到爸爸去世半年前,他问我想不想试试学唱歌,在得到肯定的回答后,便开始引导我进入他的音乐世界……